나의 아름다운 고양이

델마

김은상

나의 아름다운 고양이 델마

지은이 | 김은상

발행일 | 초판 1쇄 2019년 3월 14일

발행처 | 멘토프레스

발행인 | 이경숙

교정 | 서광철

인쇄 · 제본 | 한영문화사

등록번호 | 201-12-80347 / 등록일 2006년 5월 2일

주소 | 서울시 중구 충무로 2가 49-30 태광빌딩 302호

전화 | (02)2272-0907   팩스 | (02)2272-0974

E-mail | mentorpress@gmail.com

홈피 | www.mentorpress.co.kr

ISBN 978-89-93442-50-2 (03810)

나의 아름다운 고양이

델마

김은상

멘토press

나는 매일 고양이가 되어갑니다. 손톱달이 하늘에 누워 기지개를 켜는 금빛의 페르시안 고양이 같습니다. 자정이 지나가면 나의 의지와는 관계없이 살아 있다는 느낌이 반짝거립니다. 이러한 감정은 최근의 우울한 시간들과는 별개여서 가끔씩 당혹감이 앞서기도 합니다. 엉금엉금 창틀로 걸어가서 유리창에 머리를 기댑니다.

"며칠? 무슨 요일일까?"

세상이 무너질 정도의 슬픔이라 할지라도 잠을 잠식할 수는 없습니다. 처음에는 스르르 감기는 눈을 찌르며 내가 느끼고 있었던, 아니 느꼈다고 생각했던 슬픔의 진정성에 대해 묻기도 했습니다. 그러나 잠은 하루가 다 지나가기도 전에 이겨내야 하는 무엇이 아니라 슬픔에 참여하는 하나의 형식이 됐습니다. 그것이 몇 번이고 거듭되는 악몽이라 할지라도.

"고양이 좋아해?"

지금은 잠이야말로 내가 누릴 수 있는 가장 큰 축복입니다.

"글쎄……."

어쩌면 그것은 누군가의 말처럼 소원성취를 향한 은유일지도 모릅니다.

한 고양이가 한 고양이에게 잠들어가는 시간입니다. 한 고양이가 한 고양이에게 잠들어오는 꿈속입니다. 어둠이 잔잔한 피아노 소리로 내려옵니다. 그 선율에 잠겨 백양나무 가득히 펼쳐진 이곳은, 이제 달의 내부입니다. 달빛이 가지마다 내려앉아 광휘의 시간을 속삭거립니다. 은백색의 물고기들 창공을 춤춥니다.

한 고양이가 한 고양이를 쫓아 걷습니다. 깊이를 알 수 없는 연못이 밀려오고 있습니다. 수면 위에 잔잔한 바람의 무늬, 달빛과 어우러집니다. 그 평온함에 잠기면 달빛을 연주하는 한 피아니스트의 손가락이 만져집니다. 총, 총, 총, 총……

"만약 고양이가 너의 손길에 가느다란 목을 맡긴다면."

수면 위를 사뿐히 걷는 한 고양이의.

"그건 그만큼 네가 사랑받고 있다는 뜻이야!"

한 고양이가 한 고양이로 깨어나는 중입니다. 창문을 열고 파문 위에 서서 밤하늘의 별빛을 바라봅니다. 어둠이 깊고, 시원합니다. 별빛 끝에서 나비 떼가 날아오릅니다. 이유는 알 수 없지만,……저곳에 도착하면 무지개가 있을 것만 같습니다. 내가 그리워한 모든 사랑과 함께.

목차

삼각자 속의 별들

1

스마트폰이 바닥을 뒤척거립니다. 전원을 잠깐 켰다가 끄지 않은 일이 어제의 가장 큰 실수였습니다. 저 수많은 부재중의 울림 한가운데 어머니가 서 있을 것입니다. 늘 같은 질문과 답변, 국민의례와 애국가제창 순서처럼 나와 어머니의 통화 내용은 규격화돼 있습니다. 문제는 애국가를 부르지 않거나 식순을 생략할 때 발생합니다. 애국심을 의심받을 수 있기 때문입니다. 그러나 나는 어머니의 전화를 피할 것입니다. 애국심이 없어서가 아니라 살다보면 해명 불가능한 일에 직면할 때가 있기 때문입니다. 전원 버튼을 누릅니다. 불효를 선택한 것입니다. 그런데 이상하게도 버튼이 눌리지 않습니다. 검지를

댈 때마다 보호 필름에 상처가 생겨납니다. 음성녹음으로 넘어가면 어머니는 축축한 침묵을 저장할 것입니다. 그래서 이제부터는 불효조차 외면하기로 합니다. 때로는 사랑의 목적지가 이별이어야 할 때가 있습니다. 자신이 낳은 아이들을 자신이 살아가는 영역의 바깥으로 밀어내는 어미 고양이처럼.

밤 사이, 아니 내가 잠든 사이 아무도 모르게 손톱과 발톱이 날카롭게 자라나 있습니다. 이런 일은 이제 놀랍지 않습니다. 어제는 엉덩이에 꼬리가 자라나 있었습니다. 그것이 너무나 신기해서 입으로 꼬리를 물며 시간을 보냈습니다. 꼬리를 무는 행동이 하나의 놀이가 되었을 때, 나는 오늘과 내일의 당황을 완납해버렸습니다. 바퀴벌레로 변신한 누구보다야 훨씬 나은 형편임을 되새기면서. 그리고 무엇보다 사람으로 살아가야 할 이유를 잃어버리기도 했습니다. 지독한 절망에 빠진 사람에게 불행과 행운의 차이는 '아'와 '어'의 차이, 그 이상도 그 이하도 아니었습니다.

잠에서 깨어나면 허기부터 느껴집니다. 이제는 잠깐

의 잠과 약간의 섭식을 즐기는 고양이의 습성을 이해할
수 있습니다. 거울을 들여다봅니다. 몸에 금빛 털이 무성
하게 돋아나 있습니다. 다행스럽게도 얼굴에는 변화가
없습니다. 배가 고프지만 무엇을 먹어야 할지 몰라 사방
을 두리번거립니다. 내가 갈 수 있는 영역 밖에 편의점이
있습니다. 엊그제만 해도 마음대로 출입했던 곳이지만,
편의점까지의 거리에 경계심이 가득 쌓여 있습니다. 냉
장고 문을 엽니다. 〈Natural Balance Tuna & Chicken〉
통조림이 나를 응시하고 있습니다. 침이 고입니다. 고양
이 음식을 볼 때마다 생겨나는 식욕 앞에서 아직은 사람
이길 원하는 본능이 깨어나곤 합니다. 갓 흡혈귀가 돼 피
를 마시지 않으려는 검은 망토의 백작처럼, 군침을 망설
이다가 냉장고 문을 닫습니다. 이불 속으로 들어갑니다.
문득 잊었던 슬픔이 밀려옵니다. 누군가의 말이 떠오릅
니다. 응시란 찰나의 마주섬이라는. 성화聖畵 앞에서 신
의 현현을 느끼는 사람처럼 나는 고양이 캔 앞에서 사랑
을 느낍니다. 물리적인 거리로 인해 사랑하는 이에게 닿
을 수 없을 때, 대상을 향한 간절함이 사물 속에 깃듭니
다. 나에게는 〈Natural Balance Tuna & Chicken〉 통조

림이 그렇습니다. 어쩌면, 아니 그래서, 사람에게는 버릴 수 없는 물건들이 하나, 둘, 쌓여가는 것인지도 모릅니다. 추억이 냉장고 속에 있습니다. 신선하게 보관될 것입니다. 그렇다고 물건들에 깃든 추억의 진실을 믿는 것은 아닙니다. 믿을 수 있는 건 기억이나 기록이 아니라 문법이기 때문입니다. 기억은 왜곡될 수 있고 기록은 객관을 가장한 주관일 수 있습니다. 그러나 문법은 오직 현재의 질서만을 제시합니다. 같은 맥락으로 보자면 냉장고는 하나의 문법입니다. 그러나 삶이란, 문법만으로 구성할 수 없는 세계이므로, 가끔씩 냉장고 속에서 앨리스가 튀어나옵니다. 문법을 깨뜨릴 때 오히려 신뢰 가능한 세계에 도착할 수 있기 때문입니다. 사랑이라는 이상한 나라가 그렇습니다. 아버지 가방에 들어가신다. 사랑은 아버지를 가방에 넣을 수도 있습니다. 사랑이 숭고하다면, 그 이유는 불가능을 꿈꾸기 때문입니다.

그래서 내가 고양이가 되는 일은 문법이 아니라 사랑에 가까울 수 있습니다.

"엄마! 이 글자가 이 글자가 되고 싶다고 말하면 어떻게 해요?"

어머니는 나의 손가락이 놓인 낱말카드를 보고 황당한 표정을 지었습니다.

"글자들과도 대화할 수 있어?"

"예! 방금도 대화했어요."

"음, ……그래? 또 이야기하면 그때는…… 너는 그냥 '아'야! 이렇게 대답해! 알았지?"

나는 제법 몽상적인 아이였습니다. 한때 이런 기질은 창의력으로 불리며 어른들에게 칭찬을 듣게 했지만, 창의력에도 유통기한이 있었습니다.

'아'의 모양은 언제든지 '어'가 될 가능성이 있었습니다. 그러나 그 가능성에 대해 거론하면 어른들은 당장이라도 세상이 무너질 것처럼 잔소리를 늘어놓았습니다.

"선생님! '아'가요 '어'가 되고 싶다고 하면 '아'라고 읽어야 하나요? 아니면 '어'라고 읽어야 하나요?"

"지금 선생님을 놀리는 거니? '아'는 그냥 '아'야! 유

치원생도 그런 질문은 안 하겠다!"

"그렇지만……."

"그만! 선생님을 두고 장난을 쳐도 한두 번이지 도대체 몇 번째야. 너 내일 부모님 모시고 와!"

나는 중학교에 입학하기 전까지 조그만 시골학교에서 생활했습니다. 어릴 때만이라도 원하는 만큼 뛰놀게 해 주고 싶다는 부모님의 뜻에 따라 초등학교 3학년 때 외할아버지와 외할머니가 계신 시골로 보내졌습니다.

"여기서 자연을 마음껏 느끼면서 놀아. 중학생이 되면 그때부터는 공부에 전념해야 하니까. 큰 꿈을 가진 어른이 될 준비를 하는 거야. 알았지?"

어머니의 말은 사려 깊었습니다. 그러나 그 말이 가진 뜻 역시 '아'일 수도 있었고, '어'일 수도 있었습니다.

어머니와 아버지는 가끔 만나는 사이였습니다. 가끔 만났지만, 만나면 늘 폭풍우가 몰아쳤습니다. 원인은 어머니가 묻는 '아'와 아버지가 대답하는 '아'가 달라서였습니다. 그럼에도 부모님은 나의 시골 행에 대해 순전히 아들의 미래를 위한 선택임을 강조했습니다. 물론 나는 이래도 저래도 상관없었습니다. 순간순간 급변하는 악천후 속에 있지 않아도 된다는 사실 하나만으로도 평온할 수 있었습니다. 졸업식 전까지 어머니와 아버지는 늘 서로 다른 시간에 찾아왔습니다.

"당신 가정의 화목을 위해 내 아들은 내가 데려가요."

졸업식 때만큼은 함께 있었지만.

"내 아들이기도 해!"

함께 없기도 했습니다.

"이런 날 꼭 그런 식으로 말해야 해? 그런 이야기는 다음에 해도 되잖아!"

나의 세계는 '아'가 외롭다고 하면……

"이런 날 이런 식이 싫었다면 당신이 그러지 말았어야지!"

'어'도 외로워졌습니다.

나는 어머니의 차에 태워졌습니다. 차창 밖으로 얼굴이 하얀 여자아이가 웃음을 한 아름 안고 바라보고 있었습니다. 살며시 나를 향해 입술을 움직였습니다. 나도 그 아이에게 속삭임을 보냈습니다. 소리 없는 말을 주고받으며 웃었습니다. 우리는 떨어져 있었고, 닿아 있었습니다. 멀어지는 아버지의 검정색 차가 장독 위에서 몸을 말고 있는 길고양이 같았습니다. 얼굴이 하얀 여자아이가 등을 쓰다듬으면 아버지의 검정색차도 허리를 쭉 펴고 기운을 낼 것처럼 보였습니다.

얼마 전까지 나의 하루는 검색의 문법과 함께 시작했습니다. 바이럴 마케팅 회사에서 파트타이머로 일하며 포털 사이트에서 특정 사이트로 유입되는 검색어를 분석했습니다. 나의 주된 업무는 분석을 통해 산출된 데이터를 바탕으로 클라이언트에게 온라인 키워드 광고나 마켓플레이스에서의 상품전을 제안하는 일이었습니다.

키워드는 변화무상하므로 2차 키워드의 생성에 집중해야 합니다. 가령 '고양이'가 인기 키워드였다가 '고양이 펫샵'이 인기 키워드로 급상승하면 변화의 흐름을 체크해 발 빠르게 대처해야 합니다. 이때 중요하게 살필 낱말은 추가된 '펫샵'이라는 키워드입니다. 이 정보는 재

빨리 인터넷 시장으로 이식해야 합니다. 그래야만 블로 그나 카페, 그리고 SNS에 반영해 트래픽을 향상시킬 수 있습니다. 접속률이 높아지면 이는 자연스럽게 매출 증대로 이어집니다. 따라서 키워드는 과학이면서 예언입니다. 물론 변수는 있습니다. 주식시장의 투기자본처럼 한 번에 밀려왔다 사라지는 키워드들이 있기 때문입니다. 대부분 자신들의 클라이언트가 출시한 ○○○과 연관 검색어로 함께 하지만, 클라이언트의 인내심은 매출을 신봉합니다. 그래서 조작된 키워드들은 생명력이 짧습니다. 검색의 문법을 깨뜨릴 수는 있어도 사랑이 될 수는 없기 때문입니다. 사랑은 헌신이며 희생이지만 투기적인 키워드는 자본에 순종할 뿐입니다.

그녀와의 이별을 선택한 후 나는 고양이라는 예언을 검색하는 일로 하루하루를 보냈습니다. 키보드 위에서 이별의 말들을 곱씹었습니다.

"오빠가 곁에 있어도 외로움이 느껴져. 그런데 고양이와 함께 있으면 나는 외로움이라는 말을 전혀 알지 못하는 사람이 돼 있어."

이별도 사랑이라고 믿고 싶었습니다.

"지금은 내가 그때 그 고양이 같아. 어디로든 나의 영역을 찾아 떠나야 하는……."

러시안 블루, 아비시니안, 샴, 페르시안 고양이가 연관 검색의 문법을 형성했습니다. 그 중 페르시안이라는 키워드는 사막 어디에서 모래바람을 견디며 나에게 오는 시바 여왕의 이미지를 떠오르게 했습니다. 나는 신탁을 기다리는 주술사처럼 클릭을 이어갔습니다. 그런데 마치 전생처럼, 아니 마치 후생처럼, 인터넷 커뮤니티 웹페이지에 노출된 금빛의 페르시안 고양이가 나를 응시했습니다. 서로 다른 삶의, 찰나의 마주섬이, 나에게 시작되는 순간이었습니다. 나는 바로 시바의 여왕에게로 달려갔습니다. 만나자마자 가장 먼저 떠오른 이름을 선물했습니다.

"델마!"

비좁은 사육장에서의 탈출을 축하하는 마음으로.

그러나 델마는 나의 들뜬 마음과는 달리 낯선 곳에서의 삶에 쉽게 적응하지 못했습니다. 델마에게 나의 귀가는 포식자의 습격과 같았습니다. 현관문을 열면 후다닥,

자신이 몸을 감출 수 있는 은신처를 향해 몸을 날렸습니다. 며칠간은 장롱 밑을 바라보며 고양이에 관한 책을 탐독했습니다.

"아! 그렇군! 너에게는 영역이 중요하구나!"

등이 꺼지고 새벽이 고요해지면 델마는 장롱 밑에서 빠져나와 집안 이곳저곳을 정찰했습니다. 조심조심 나의 침실을 기웃거리다가 자신의 공간으로 돌아갔습니다. 나는 모르는 척, 실눈을 뜨고 델마의 발걸음을 여행했습니다. 무엇보다 델마의 영역이 나의 영역이 되고, 나의 영역이 델마의 영역이 되길 바랐기 때문입니다.

그 아이는 나비처럼 예뻤습니다. 아닙니다. 나에게 있어 그 아이는 어떻다고 규정할 수 없는 푸르른 창공의 나비였습니다.

"경화!"

나는 성년이 되어서도 가끔씩 얼굴이 하얗게 빛나던

경화의 이름을 속삭이곤 했습니다. 경화는 아무도 모르게 내 삶의 '아'와 '어' 사이를 날아다니며 지친 어깨를 어루만져 주었습니다. 서른 살 중반까지 나는 연애를 경험하지 못했습니다. 이성을 만나 사랑하고 연인이 되는 일이 마치 조각배를 타고 망망대해에 나가는 일과 같았기 때문입니다. 어머니와 아버지의 불안한 이별과 불합리한 연애는 나에게 폭풍우 몰아치는 바다였고, 나는 그 바다를 항해하는 제법 근사한 돛을 단 한 척의 배여야 했습니다. 그래서 다른 사람들 앞에서는 단 한 번도 폭풍우를 만났던 적이 없는 귀한 집의 자식처럼 행동했습니다. 이런 나에게 몽상은 유용한 신경안정제였습니다. 요동치는 여울을 정오의 꿈결 속에 감추고, 나는 매일매일 어디론가 떠내려갔습니다.

나에 대한 시골학교 아이들의 관심은 상상 이상이었습니다. 어머니가 두 손 가득히 음식을 들고 학교에 방문하면 교실은 수업을 마친 후의 분식집처럼 소란해졌습니다. 그런 날이면 어머니는 학교 외에도 외할머니와 외할아버지의 옷장을 지배했습니다. 계절에 맞는 소년의 옷이 옷장을 가득 채우면 노부부의 옷은 돌돌 말려 어딘가에 처박히는 수난을 겪기도 했습니다. 나는 어머니의 뜻에 따라 늘 단정한 옷을 입고 학교에 갔습니다. 급우들은 매일 바뀌는 나의 복장을 부러운 눈길로 바라보았지만, 나에게는 그 눈길이 건널 수 없는 국경 같았습니다. 그래서 내 곁에는 항상 친구가 있었지만…… 친구가 없었습니다.

친구가 있지만 친구가 없는 학교생활은 불편했습니다. 혹 학습 준비물을 잊은 날이면 아무렇지도 않은 척하며 빨갛게 달아오른 얼굴로 창밖의 구름을 경청해야 했습니다. 그때마다 선생님은 한숨을 푹 내쉬며 친구들을 통해 해결책을 제시했습니다.

"물감을 잊고 왔나 보구나. 짝이랑 함께 나눠서 쓰자."

노부부는 내가 태어나기 전까지 서울에서 거주했습니다. 외할아버지의 건강이 나빠져 요양을 겸해 귀향을 선택했습니다. 오랜 교직생활로 근면이 몸에 익은 노부부는 논과 밭을 일구는 일을 남아 있는 생의 즐거움으로 삼았습니다. 이런 두 분에게 나의 필요를 일일이 요구할 수는 없었습니다. 요구할 수 없었으므로, 나의 소년기는 묻지 않으면 대답하지 않았습니다. 근사한 겉옷을 걸쳤지만 종종, 아니 자주, 준비물을 챙겨가지 않았습니다. 그런데 어느 날 잠시, 그런 소년에게 새하얀 나비가 날아들었습니다. 잠시라는 말이 영원이라는 의미를 향해 미끄러졌습니다.

창밖에 도형을 그리고 있었습니다. 켄트지에 도형을 그려야 했지만, 나는 학습 준비물을 가져오지 않았습니다. 잦은 불성실에 선생님도 해결책을 간구하기가 귀찮았는지 보다 성실한 자세로 수업에 열중했습니다. 나의 불성실과 선생님의 성실이 그린 평행선이 길어질수록 옆에 앉아 있는 짝의 한숨도 커졌습니다. 그때 뒷자리에 불쑥 켄트지 한 장과 삼각자가 전해졌습니다. 경화가 나의 불성실을 침범했습니다.

"이것으로 그려!"

짝이 민망한 표정으로 몸을 돌려 경화에게 속삭였습니다.

"내가 빨리 그리고 빌려주려고 했는데……."

"알아. 나는 준비물을 여유 있게 가져왔거든."

선생님이 우리에게 시선을 고정하고 헛기침을 내뱉었습니다. 우리는 아무 일도 없었다는 듯이 고개를 푹 숙였습니다.

삼각자 속에 크기가 다른 여러 도형들이 가득 차 있었습니다. 친구가 없었지만, 친구가 있었으므로, 있는 친구에게 감사함을 느꼈습니다. 나는 공책 귀퉁이를 찢어 경화에게 마음을 전했습니다.

고마워!

곧 곱게 접은 꽃무늬 메모지가 책상 위로 날아들었습니다.

"혹시 또 가져오지 못하면 그때는 나에게 말해!"

나는 슬쩍 고개를 돌려 경화를 바라봤습니다. 갑자기 방금 껍질을 깨고 부화해 날개를 편 흰 나비가 보였습니다. 현기증이 느껴졌습니다.

켄트지에 도형을 그려 넣으며 다정하게 길을 걷고 있는 '아'와 '어'를 떠올렸습니다. 나도 모르게 웃음이 흘러나왔습니다.

그날 밤 나는 하늘에 숱한 별을 그려 넣는 꿈을 꾸었습

나의 죽은 고양이들 · 무릎

니다. 삼각자 안에 든 원으로 몇 개의 달을 매달기도 했습니다. 별들과 달들이 가득한 밤하늘을 산책하며, 어쩌면 우주의 수많은 별자리들도 아주 먼 옛날 누군가가 그려 넣은 삼각자 속의 마음일지 모른다고 생각했습니다. 밤이 달콤했습니다.

나비 혹은 고양이

2

초등학교를 졸업한 후부터 어머니와 함께 살았습니다. 함께 살았다기보다는 어머니의 영역 안에서 관리됐습니다. 아버지는 일주일에 한두 번 전화를 걸어왔고 한 달에 한 번 정도는 찾아왔습니다. 대부분의 아이들에게 아버지는 일상이지만, 나에게는 비밀이어야 했습니다. 그러나 어머니의 영역 안에서 지켜질 수 있는 비밀은 없었습니다. 어머니는 나의 모든 일과를 자신과 공유하길 원했습니다.

"핸드폰을 보니 아빠랑 통화기록이 있네."

"⋯⋯."

"만났어?"

"……예."

"언제?"

"오늘요. 수업 끝나고……."

어머니는 적어도 내가 보는 곳에서는 교양적이고 이해심 넘치는 여성처럼 행동했습니다. 단지 방에 들어가 문을 닫으면 큰 목소리가 새나왔습니다. 울음과 분노가 뒤섞일수록 목소리는 점점 비명에 가까워졌습니다. 그때마다 놀란 마음이는 자신의 방으로 뛰어 들어가서 눈치를 살폈습니다. 이런 삶의 반복은 아버지보다 어머니에 대한 연민을 무겁게 했습니다. 버림받은 사람들의 동질감이 집안 곳곳에 고였기 때문입니다. 어느 순간 연민은 예의를 요구했습니다. 삶은 잔혹해서 누군가에 대한 예의는 다시 누군가에게 무례일 수 있었습니다. 부모의 불안한 이별은 나에 의해 시작됐으므로, 나는 두 사람의 이별을 완벽하게 완성할 의무가 있었습니다.

"이제 그만 만나고 싶어요."

아버지는 한동안 말을 잇지 못했습니다.

"왜 나는 아빠와의 만남이 비밀이어야 해요? 매번 저 때문에 아빠와 엄마가 다투는 걸 지켜보는 것도 힘들어요."

아버지가 고개를 숙이고 미안하다는 말을 반복했습니다. 그럴수록 마음속의 풍랑이 거세졌습니다. 주체할 수 없는 감정이 치밀어 올라왔습니다. 나는 어머니가 집 안 곳곳에 감춰둔 울음으로 소리쳤습니다.

"그 여자가 좋아서 우리를 버린 거잖아요! 이제 더는 우리를 괴롭히지 마세요!"

그날 이후 아버지의 전화번호를 차단했습니다. 그러나 아버지는 불쑥불쑥 학교로 찾아와서 피는 물보다 진한, 언젠가는 돌아가야 하는 고향임을 상기시켰습니다. 그때마다 나는 단호하게 실향민을 선언했습니다.

"아저씨 누구세요? 저는 태어났을 때부터 아버지가 없었는데요."

아버지는 어머니를 가끔씩 산책하는 장마전선이었습니다. 나의 출생 역시 무책임한 산책 때문이었다고 생각하면 세상이 칠흑처럼 어두워졌습니다. 그래서 더욱 생물학적 아버지에게 행하는 무례는 손쉬웠습니다. 너무나 손쉬워서 아버지에 대한 원망을 입에 달고 살았던 어머니가 왜 수신거부를 결심하지 않았는지 궁금해지기도

했습니다. 어쩌면 너무 싫다는 말은, 너무 보고 싶다는 말
일 수도 있었습니다.

나는 델마에게 잠들었고 델마는 나에게 잠들었습니
다. 델마의 커다란 눈동자를 가만히 들여다보면 별빛이
우거진 저녁하늘에서 잔잔한 피아노 연주가 들려오곤
했습니다. 그 선율 속으로 백양나무 가득한 숲길이 펼쳐
졌습니다. 가지마다 내려앉은 달빛의 소곤거림 속에서
은백색의 이파리들이 춤추었습니다. 델마와 함께 꿈을
걷다보면 깊이를 알 수 없는 연못에 닿았습니다. 수면을
스치는 바람의 무늬가 달빛과 어우러졌습니다. 그때마
다 가슴 깊은 곳에서 한 피아노 연주자의 손길이 울려왔
습니다. 다 괜찮다고, 이제는 평안하라고, 따뜻한 체온으
로 얼굴을 어루만졌습니다. 밤의 동공이 지그시 눈을 감
았다가 떴습니다. 델마가 연못의 중심을 향해 걸어가면
수면 위에 아름다운 음들이 머물렀습니다. 그 순간은 물

의 부력이 달의 부력이었습니다. 델마가 함께 가자고 뒤돌아보며 꼬리를 흔들었습니다. 그 순간은 물의 내부가 달의 내부였습니다. 델마를 향해 발을 내디뎠습니다. 총, 총, 총, 총, 총, 총……. 델마와 나의 세계가 은하수로 물들었습니다. 델마가 즐거워하며 깡충깡충, 사방을 뛰어다녔습니다.

"에옹, 에옹, 울면서 나를 따라오던 어린 고양이가 있었어."

그 모습이 너무나 행복해 보여서, 나도 모르게 눈물이 흘렀습니다.

"그게 인연이 돼서 밤마다 놀이터에서 밥을 챙겨 주었는데, 내가 좋았는지 밥을 먹고 나면 꼭 내 무릎에 앉지 뭐야."

델마가 별빛들을 톡톡 건드리며 철없는 아이처럼 장난쳤습니다.

"그런데 어느 날부터 고양이의 몸에 상처가 보이기 시작했어. ……알고 보니, 상처들은 내 곁에 머문 날들에 대한 대가였지."

별빛들이 더욱 더 환하게 피어올라 사방을 향해 장엄

한 화음으로 울려 퍼졌습니다.

"그 고양이에게는 내가 머물고 싶어도 머물 수 없었던 영역이었을지도 몰라."

그 모습이 너무나 아름다워서, 나도 모르게 눈물이 흘렀습니다.

"하루는 다른 때보다 오래 무릎에 앉아서 에옹, 에옹, 하고 울었는데, ……그게 마지막 인사인 줄도 몰랐네."

사랑은 이루어지지 않아야 아름답기 때문입니다.

"가끔은 그 고양이에게 받은 사랑이 그리워. 어쩌면 사람도…… 고양이처럼 자신이 살아갈 수 있는 영역을 찾아 사랑하고 이별하는 것은 아닐까."

델마의 눈동자 속에 잠시라는 영원이 있었습니다.

"지금은 내가 그때 그 어린 고양이 같아. 살아 있기 위해 어디로든 떠나야 하는……."

"공부하러 가니?"

어느 날부터 어머니의 목소리가 새털처럼 가벼웠습니다. 마음이가 화장에 몰입하는 어머니를 대신해 나를 배웅했습니다. 출입문 앞에서 마음이와 눈길을 주고받으며 대답했습니다.

"예! 과외 끝나면 바로 도서관에 갈 거예요!"

버튼을 누르자 활기를 잃은 경고음이 울음을 다 써버린 매미처럼 절룩거렸습니다. 마음이가 깜짝 놀라 피아노 위로 뛰어올랐습니다.

"또 깜박했네. 오늘 건전지 교체해 놓을게!"

때마침 책상 위에 놓고 온 지갑이 떠올랐습니다.

"몇 시에 올 거니? 엄마는 동창모임 있어서 늦을 거야!"

주방으로 가서 싱크대 서랍을 열었습니다.

"9시까지는 올게요. 저녁은 도서관식당에서 사먹으면 되니까 걱정하지 마세요."

열쇠를 꺼냈습니다. 어느새 따라온 마음이가 사뿐하게 서랍 속으로 뛰어들었습니다. 그 모습이 너무 귀여워서 마음이의 머리에 손을 올리려다 멈췄습니다. 그 순간 열쇠가 놓여 있던 자리에 지갑에 대한 기억을 떨어뜨리고 말았습니다.

"여기서 쉴 거야? 그럼 다녀올게!"

마음이와 눈인사를 나누고 출입문을 열었습니다.

과외는 친구 집에서 일요일마다 진행됐습니다. 더 정확하게 표현하자면 친구이기보다 어머니의 고객이었습니다. 어머니는 나의 교육을 위해 마음에 맞는 사람들과 사적인 모임을 가졌습니다. 사적인 모임은 경제적 이익이 큰 특정 가족과 유대를 강화했습니다. 종종 외식을 하거나 산책을 즐기기도 했습니다. 어머니도 처음에는 그런 자리를 불편해했습니다. 남편이 없음으로 인한 불균형을 보여주고 싶어하지 않아서였습니다. 그래서 가족들 간의 모임을 마친 후 어머니의 발걸음에는 늘 불평이 뒤따랐습니다.

"뭐? 교육적으로 좋아? 남들도 다 보는데 꼭 그렇게 달라붙어 다니고 싶을까? 흥이다! 흥!"

그러나 어색했던 일이 자연스러워지자 어머니는 불평

하던 대상들과 가족의 대소사까지 공유하는 사이가 됐습니다.

"승진 축하드려요! 사모님이 너무 좋아하더라고!"

"감사합니다. 학원이 날로 번창하고 있다면서요. 주변에 소문이 자자해요. 바쁘시겠지만, 곧 있을 우리 아이 콩쿨 준비 잘 부탁드립니다."

심지어는 아버지가 아닌 다른 남자에게도 친절했습니다.

"그렇게 말씀하시면 너무 섭섭해져요. 제가 따님을 얼마나 많이 아끼는지 잘 아시면서……."

어머니가 그 남자에게 상냥한 웃음을 보낼 때는 나의 무례로 인해 수심에 잠겼던 아버지의 얼굴이 떠올랐습니다. 물론 그것은 생물학적 아버지를 대신한 방어기제는 아니었습니다. 시간이 지날수록 어머니는 엄마라는 역할이 갖춰 해야 할 포근함보다 젊은 여성에게서 흘러넘치는 아름다움을 갈구했습니다. 어머니가 열망하는 젊음과 활기는 아들에게 필요하지 않았습니다. 그러나 순간순간 나는 어머니가 없는 침실을 훔쳐보곤 했습니다.

델마를 만나기 전 연인처럼 만나오던 이성이 있었습니다. 몇 년간 우리는 수없이 많은 이별과 만남을 반복하며 인연을 지속시켰습니다. 그녀는 나의 발언을 문제삼아 나와의 미래를 명확하게 규정하길 꺼렸습니다.

"우리 사귀는 관계지?"

이런 물음에 돌아오는 대답은 한결같았습니다.

"사귀는 게 뭔데?"

따라서 공식적인 자리에서 우리는 그냥 아는 사이에 불과했습니다. 나는 늘 이 점이 불만이었습니다. 그러나 사랑에 목을 맨 한 남자는 이별보다 불만을 쌓아놓는 편을 택했습니다. 처음부터 구애하는 쪽은 나였고, 선택권은 늘 그녀에게 있었기 때문입니다. 그럼에도 우리는 자주 입술을 맞췄습니다. 가끔은 함께 밤의 은밀함을 맛보기도 했습니다. 그녀 말대로 우리가 사귀는 건 아니었지만 그녀는 때때로 이렇게 말하곤 했습니다.

"만약 결혼을 해야 한다면 오빠랑 하게 될지도 모른다는 생각이 들 때도 있어."

그녀는 내 곁에 있고도 없는 그런 사람이었습니다. 친구가 있었어도, 없었던 시절처럼. 나의 연애는 표현과 의미가 다른 문장이었습니다.

우리가 만난 지 일 년이 지났을 즈음 그녀는 고양이를 분양 받았습니다.

"내가 있는데 고양이는 왜?"

"……외로워서!"

그녀의 말에 어머니의 표정이 포개졌습니다.

"고양이 좋아해?"

"……글쎄."

"생각해보니 어디서 들었던 질문과 대답이네."

그녀가 짧게 한숨을 내쉬고는 말을 이었습니다.

"나도 나이가 들어서 그런가. 귀가해서 문을 열었을 때 누군가 반겨줬으면 좋겠는데, 오빠도 알다시피 …… 나에게는 믿음직한 남자가 없잖아! 강아지는 분리불안이 심해서 공교롭게도 고양이를 입양하게 됐네. 혹시 몰라서 하는 말인데, 이런 걸로 오빠의 과거를 나에게 덧칠하면 곤란해지는 것 알지?"

그녀의 생활은 고양이와 밀접한 관계를 맺었고 자연스럽게 고양이의 일상을 살아갔습니다. 그만큼 나의 삶이 그녀의 삶에서 반려되기 시작했습니다.

"고양이와 함께 있으면 나는 외로움이라는 말을 전혀 알지 못하는 사람이 돼 있어. 내가 없을 때는 이 아이도 외롭겠지. 그래서 한 아이를 더 입양할까 고민 중이야."

그녀의 변화는 나의 연애를 종이접기처럼 접고 또 접었습니다. 결국 점점 작아진 나의 연애는 점 안에 점만 가득 찍힌 마침표가 되었습니다.

하루는 부산으로 가족여행을 떠났던 그녀가 메시지를 전해왔습니다. 가족들이 먼저 집으로 돌아가서 나와 함께 있길 원한다는 내용이었습니다. 나는 나에게 주어져 있던 모든 일정을 접고 또 접어 바로 부산행 기차에 올라탔습니다. 사랑의 속삭임을 주고받으리라는 희망적 기대에 부풀어서 마음만큼은 기차보다 빨리 그녀에게 도착했습니다. 그러나 그녀는 나의 열망과는 다르게 만나자마자 고양이호텔에 맡겨둔 반려묘에 대한 걱정을 늘어놓기 시작했습니다.

"첫차를 타야겠어! 혼자 있는 아이가 너무 걱정돼!"

모든 일정에 마침표를 찍고 온 나에게 물음표가 시작됐습니다. 그러나 나는 말줄임표로 그녀의 곁을 서성거렸습니다.

"지금 고양이가 중요해? 내가 중요하지 않고?"

만약 이런 식의 반응을 늘어놓았다면, 그녀를 향한 사랑의 감정들은 나의 의도와는 관계없이 그녀의 반려묘에 대한 질투로 전락했을 것입니다. 침묵이 최선의 불평이었습니다. 첫차를 타고 서울에 올라오는 내내, 골목 한 귀퉁이에서 이러지도 저러지도 못하는, 유기 고양이 한 마리를 떠올렸습니다.

어머니는 대학에서 피아노를 전공했습니다.

"내가 만약 결혼하지 않았다면 지금쯤 유명한 피아니스트가 됐을 거야! 아마도 전 세계를 누비며 연주회를 열고 있겠지."

자신의 꿈꿨던 삶에 대해 이야기할 때는 갓 연주를 끝

낸 무대 위의 피아니스트처럼 감정을 주체하지 못했습니다.

"나도 태어나지 않았을 거고요!"

"아들! 왜 이렇게 삐딱해졌어? 사춘기라서 그래? 그런 뜻이 아니라 네 아버지를 만난 게……."

어머니는 나를 시골로 보낸 뒤 입시전문 피아노 교습소를 운영했습니다. 어머니가 지닌 사교성은 이혼과 경력단절을 쉽게 극복하게 했습니다. 그 남자의 가족 또한 어머니의 사교성에 이끌린 고객이었고, 그 남자의 딸은 다른 학생들과는 다른 대우를 받았습니다. 거실에 있는 피아노를 이용할 권한이 주어진 학생은 오직 그 남자의 딸뿐이었습니다. 부모들의 거래 내용은 알 수 없으나, 나와 동갑인 그 남자의 딸만큼은 학원과 집을 오가며 피아노를 연습했습니다. 대신에 그 남자의 아내가 나의 영어 선생님을 담당했습니다.

초인종을 누르자마자 그 남자의 딸이 문을 열었습니다. 한 손에는 구두, 한 손에는 구둣솔을 들고 있었습니다. 구두는 방금 늪에서 나와 먹이를 찾아 헤매는 악어처럼 보였습니다.

"아! 벌써 과외시간이 다 됐나 보네! 더 반짝반짝해야 하는데……."

그 남자의 딸은 늘 활기가 넘쳤습니다. 겉모습으로만 판단한다면 화목한 가정에서 자라난 성실한 아이의 모습을 전부 지니고 있었습니다. 그래서 녀석의 명랑함 앞에 서 있으면 저절로 고개가 숙여지곤 했습니다.

"뭐해?"

"용돈벌이!"

"바빠도 일요일은 좀 쉬세요."

때마침 그 남자와 그 남자의 아내가 대화를 주고받으며 현관으로 걸어 나왔습니다.

"자기도 우리 일 잘 알면서 자꾸 타박이야? 오늘 만나지 않으면 내가 일본에 가서 만나야 하는데 그 편이 더 좋아?"

그 남자는 무역회사에서 일했습니다. 그 남자의 아내역시 같은 회사에 근무했고, 은밀한 사내연애 끝에 결혼에 도착했습니다. 과외를 시작하기 전 어머니는 나에게 이런 이야기를 소곤거리며 그 남자의 아내를 얌전한 고

양이로 비유하기도 했습니다. 어쨌거나 그 남자의 아내
는 영어를 현지인처럼 구사할 정도로 뛰어난 어학실력
을 자랑했습니다. 그러나 자식의 더 나은 미래를 위해 사
직서를 제출했고, 딸의 시간을 자신의 시간처럼 살아가
고 있었습니다.

"알았어요. 다음 주에는 꼭 가족과 함께 시간을 보내
야 해요!"

나와 눈이 마주치자 그 남자가 활짝 웃었습니다. 다가
와 내 어깨에 손을 올리고 몇 번을 토닥거렸습니다.

"왔니! 어서 들어가서 수업 준비하렴."

그 남자의 친절한 말투에 속이 거북해졌습니다.

"열심히 공부해서 좋은 대학에 진학해야 어머니가 기
뻐하시지."

말끝에 어머니가 거론될 때는 더더욱 그랬습니다.

"애 부담스럽게 그런 말을 뭐하러 해요."

다행히도 그 남자의 아내가 그 남자의 친절함을 막아
세웠습니다. 불쑥 가지런히 모은 양손바닥이 펼쳐졌습
니다. 그 남자가 자신의 손바닥을 딸의 손바닥에 포개고
장난스럽게 말했습니다.

"오늘은 외상!"

그 남자의 딸은 실망한 표정으로 그 남자의 두꺼운 팔에 매달렸습니다. 애교 섞인 목소리가 집안 곳곳으로 울려 퍼졌습니다.

"아빠! 아빠! 아빠! 아빠—앙!"

그때서야 호탕하게 웃으며 지갑에서 지폐 몇 장을 꺼냈습니다. 서랍에 떨어뜨렸던 지갑에 대한 기억이 만져졌습니다.

외할머니는 마루에 뛰어올라 비가 그치기를 기다리는 길고양이의 등을 쓰다듬어 주곤 했습니다. 얼굴과 등은 검었지만 배와 다리에 흰털이 자라나 있어 마치 턱시도를 입은 고양이 같았습니다. 외할머니는 길고양이의 방문을 대비해 늘 먹기 좋게 손질한 북어를 준비해 두었습니다.

"우리 나비 왔네! 요것 좋아하지?"

그런 날이 지나가면 가끔씩 마루 위에 죽은 쥐가 놓여 있었습니다.

"어이쿠! 우리 나비가 또 선물을 보냈네!"

외할머니는 고양이의 보은이라며 흐뭇해했습니다. 그래서 더욱 죽은 쥐를 땅에 묻어줄 때면 무슨 보물상자를 감추는 사람처럼 주변을 두리번거렸습니다. 나는 그런 외할머니와 길고양이의 애틋한 관계보다 어른들이 고양이를 나비라고 부르는 이유가 더 궁금했습니다.

"나비와 놀기를 좋아해서일까? 아니면 공기처럼 가볍게 담장을 뛰어넘는 모습이 나비를 닮아서일까?"

생각할수록 고양이를 나비라 부르는 일은 '아'가 '어'가 되고 싶다고 속삭이는 일처럼 느껴졌습니다.

"할머니! 고양이를 왜 나비라고 해요?"

"글쎄다? 한 번도 생각해보지 않아서 모르겠네."

한동안 고양이와 나비라는 말의 상관관계에 대해 골똘했습니다. 선생님에게도 질문했지만 대답은 명쾌하지 않았습니다. 관습이나 전통에서 찾아낸 선생님의 해답에는 뭔가 부족함이 있었습니다. 원관념과 보조관념의 거리가 멀기에 두 말의 관계가 마치 상징하는 무엇을 찾아야 이해할 수 있는 시처럼 어렵게 느껴졌습니다. 그러나 나의 고민거리는 아주 사소한 사건에서 해소됐습니다.

5학년 신학기 때였습니다.

"저기 있다! 빨리 잡아!"

점심시간이 끝나갈 무렵 창밖에서 고양이 울음소리가 들려왔습니다. 두려움에 사로잡힌 소리가 고양이가 처한 상황을 짐작하게 했습니다. 나는 다급하게 뛰어갔습니다. 운동장 귀퉁이에서 사내아이들 몇이 돌과 막대기를 들고 고양이를 위협하고 있었습니다. 궁지에 몰린 고양이는 털을 세우고 하악질을 해대다가도 목숨을 애원하듯이 두 눈을 깜박이기도 했습니다.

"아빠가 고양이는 재수 없는 동물이라고 했어!"

나는 고양이가 달아나길 간절히 바랐지만 아무 일도 하지 않았습니다. 행동으로 옮기는 일은 조용한 학생의 것이 아니었기 때문입니다.

"우리 엄마는 쥐약을 놔서라도 고양이를 다 죽여야 한대. 이 자식 엄청 날쌔니까 내가 놓치면 돌멩이를 던져서 맞춰!"

그래서 혹시 있을지 모를 친구들과의 다툼을 선택하기보다, 혹시 있을지 모를 고양이의 죽음을 선택했습니다.

허공에 막대기가 들렸습니다. 세차게 고양이를 내려치려고 하는 찰나, 여자아이의 다급한 목소리가 사내아이들의 팔을 붙들었습니다.

"어서 달아나! 나비처럼 날아가라고!"

경화였습니다. 사내아이들이 목소리의 주인공을 확인하는 사이 고양이는 있는 힘을 다해 벽을 박차고 담장을 뛰어넘었습니다.

"뭐야! 너 때문에 놓쳤잖아!"

경화는 아무 말도 하지 않고 뒤돌아서 교실로 향했습니다. 그때 나는 처음으로 고양이를 나비라고 표현하기 시작한 이유를 알게 됐습니다. 그것은 아주 먼 옛날, 삼각자 속에 담긴 별로 밤하늘을 가득 채운, 누군가의 마음과도 같았습니다.

❀

"여기야!"

졸업식이 끝나고 어머니의 손에 이끌려 아파트 입구에 도착했습니다.

"아들 생각해서 선택한 집이야. 인근에 넓은 공원과 연못이 있거든."

엘리베이터를 탔습니다. 어머니가 15F를 눌렀습니다.

"거실에서 아파트 주변 전경을 한눈에 볼 수 있어. 공부하다가 지루하면 공원에 가서 산책하고 운동도 해."

집은 제법 넓었습니다. 거실 중앙에는 그랜드 피아노가 놓여 있었고 음악과 관련한 소품들이 집안 곳곳을 장식하고 있었습니다. 벽에는 여느 가정처럼 가족사진이 걸려 있었지만, 아버지의 모습은 사라지고 없었습니다.

"여기가 네 방이고, 저기는 마음이 방!"

"마음이?"

어머니가 손가락으로 가리키는 방향을 바라보았습니다. 원목으로 제작된 타워가 보였습니다.

"마음이가 누……."

갑작스럽게 재채기가 나왔습니다.

"어머! 너 알레르기 있나 보구나! 고양이야. 마음이는"

흰털이 수북한 고양이가 타워 꼭대기에 앉아 있었습니다. 에메랄드빛 눈동자가 낯선 얼굴을 경계했습니다.

"갑자기 고양이는 왜요?"

"외로워서! 우리 아들이 없는 동안 마음이가 엄마를 위로해줬지."

그러나 내가 곁에 있어도 어머니의 외로움은 마음이를 통해 채워지는 것처럼 보였습니다. 마음이는 어머니의 일거수일투족과 동행했습니다. 어머니가 머리를 쓰다듬으면 마음이는 세상에서 가장 사랑받는 존재처럼 눈을 지그시 감았다 떴습니다. 그런 모습을 보면 내 마음도 어느새 평안해졌습니다. 나도 어머니처럼 마음이와 다정을 나누고 싶었지만, 각오가 필요했습니다. 마음이를 한 번이라도 쓰다듬으면 그날은 온종일 기침과 콧물을 달고 지내야 했습니다. 이런 사정을 알았던 것인지 마음이는 늘 일정한 거리에서 나를 바라보았습니다. 가령 학교에서 돌아와 침대에 누우면 마음이는 방문을 경계 삼아 내 곁을 서성거렸습니다. 그러다 몸을 누이고 경계

안쪽으로 살며시 앞발 한쪽을 뻗었습니다. 그때마다 닿아 있지 않아도 닿아 있는 세계가 출렁거렸습니다.

"고양이가 누군가의 무릎에 앉는다는 건 자신의 생명을 맡긴다는 뜻과 같아."

마음이의 푸른 눈동자에 경화의 웃음이 그려졌습니다.

"고양이를 쓰다듬어보면 알 수 있어. 작고 약한 동물들은 생명의 위험을 무릅쓰고 자신의 마음을 표현해."

"그래?"

"응! 만약 고양이가 너의 손길에 가느다란 목을 맡기는 순간이 온다면, 그건 그만큼 네가 사랑받고 있다는 뜻이야."

수업이 끝나고 다른 때와는 달리 경화 옆에 서서 걸었습니다. 경화도 싫지 않았는지 나와 발걸음을 맞췄습니다.

"오늘 고양이를 나비라고 부르는 이유를 알게 됐어."

"어떻게?"

"네 활약 때문에!"

경화는 어떤 대화가 오갈지 다 아는 사람처럼 미소를

지었습니다.

"고양이 좋아해?"

"글쎄……. 지금은 아니지만 앞으로 좋아하게 될 것 같아! 너는?"

"나는 좋아해. 어떤 때는 엄마보다도."

우리는 신이 나서 고양이에 대한 이야기를 주고받았습니다. 교문을 빠져나와 한참을 걸은 후에야 주변의 시선이 느껴졌습니다. 애초에 경화와 나는 늘 혼자서 걷는 아이여야 했습니다. 경화도 나도 얼굴이 빨갛게 달아올랐습니다. 나는 경화를 앞질러 걸어갔습니다.

그녀가 고양이를 분양받았을 때, 그녀도 언젠가는 나비처럼 날아갈 것을 예감했습니다. 그녀가 고양이와 함께 살아가게 된 계기는 내가 안겨준 상실감으로부터 시작했습니다. 그녀가 듣기 원했던 지난날에 대한 고백은 나에게 슬픈 주술이 되어 되돌아왔습니다.

"오빠! 나 만나기 전에 다른 여자 만난 적 없어?"

"……없어!"

"솔직히 말해봐. 오빠는 나의 연애사에 대해 다 알고 있잖아. 나도 알아야 공평하지?"

그녀의 요구가 설득력 있게 다가왔습니다. 그녀의 과거를 아는 만큼 나도 그녀에게 과거를 들려줘야 서로가 더 진실한 사랑을 나눌 수 있겠다고 생각했습니다. 그러나 나에게는 그녀에게 들려줄 만한 그럴 듯한 연애담이 없었습니다.

"없어!"

"진짜? 서른이 넘도록 어떻게 그럴 수 있지?"

그녀가 호기심 가득한 표정으로 재촉했습니다.

"솔직하게 말해도 돼! 다 지난 일인데 어때?"

그녀가 보챌수록 그녀의 호기심을 만족시켜야 한다는 의무감이 커졌습니다. 교환할 수 있는 기억을 소환했습니다.

"뭐…… 특별한 이야기도 아닌데……."

과외가 끝나고 집으로 향했습니다. 집에 도착해서 습

관처럼 도어록에 손가락을 대려는 순간 불안했던 경고음이 떠올랐습니다. 주머니 속에 있는 열쇠를 꺼내들었습니다. 딸—깍! 낯선 소리가 집을 잘못 찾아온 사람처럼 조심스레 문을 열게 했습니다. 낯익은 구두가 눈에 들어왔습니다. 하이힐 옆에 가지런히 놓여 있었습니다. 구두 속에서 불규칙한 피아노 소리가 들려왔습니다. 높은 음자리에 머물러 있는 건반들이 얼굴을 달아오르게 했습니다. 그 순간만큼은 집을 잘못 찾아온 사람이 분명했습니다. 인기척을 확인한 도둑처럼 제멋대로 뛰는 심장을 매만지며 뒤돌아섰습니다. 문이 닫히는 동안 어쩔 줄 몰라 하는 마음이의 표정이 지나갔습니다. 정처없이 공원을 걷고 또 걸었습니다. 사방에서 짐작 가능한 구두의 주인이 어슬렁거렸습니다. 악어가죽 문양의. 석양에 물들어가는 하늘에서 여우비가 내렸습니다. 사람들은 갑자기 쏟아지는 비를 피해 여기저기로 뛰어갔습니다. 나는 연못 앞 벤치에 앉아 있었습니다. 연못은 갑작스럽게 떨어지는 빗방울을 다 받아주었습니다. 수련이 활짝 피어올랐습니다.

어머니는 자정이 지나서 귀가했습니다. 어머니가 방

문을 열었을 때 달콤한 공기가 흘러왔습니다. 어머니는 침대 가장자리에서 한참을 앉아 있었습니다. 살짝 눈을 떴을 때 방문 앞에서 우두커니 서 있는 마음이가 보였습니다. 나는 화목해 보이는 한 가정의 가족사진을 떠올렸습니다. 그 남자의 얼굴과 어머니의 얼굴 사이에서 마음이가 눈을 지그시 감았다 떴습니다. 어머니가 방을 나간 뒤 한참을 뒤척였습니다. 오후에 들었던 불규칙한 피아노 소리가 손톱달 밑을 헤매던 그림자들 속으로 스며들었습니다. 꿈이 축축하게 젖어갔습니다.

한 마을과 한 마을이 만나는 길이 학교로 흘러가고 있었습니다. 소년은 그 길 한가운데 서 있었습니다. 한 마을에서 한 소녀가 걸어오는 것이 보였습니다. 새하얀 원피스 때문에 소녀의 얼굴이 더 환하게 빛났습니다. 소년은 소녀에게 달려갔습니다.

"기다리게 해서 미안해."

소녀가 소년에게 말했습니다.

"나는 내일도, 모레도 기다릴 수 있어. 백 년이 지나도."

소녀가 방금 활짝 피어오른 꽃처럼 웃었습니다.

소년과 소녀는 손을 잡고 학교로 걸어갔습니다. 교실 문을 열었습니다. 책상에 나란히 앉았습니다. 아무도 없는 교실에 소년과 소녀의 두근거리는 침묵이 흘렀습니다. 소녀가 소년에게 머리를 기대고 말했습니다.

　　"우리 어른이 되면 다시 만나!"

　　소년이 떨리는 목소리로 대답했습니다.

　　"그래! 꼭!"

　　교실 창문으로 스며드는 햇살이 흰나비 떼로 날아올랐습니다.

　　그날은 어머니도 나도, 늦잠을 잤습니다.

델마는 나의 문장이 되고 3

"훈련소에요."

입소를 몇 시간 앞두고 어머니에게 전화했습니다.

"그냥 말씀드리지 않았어요."

젖은 고요가 들려왔습니다.

"곧 입소해요. 머리카락을 짧게 잘라야 하고 시간이
남으면 커피도 한 잔 마시고 싶어요. 걱정하지 말고 잘 지
내고 계세요. 죽으러 가는 것도 아니잖아요."

상처를 주고 싶었습니다.

"끊을게요."

나에게. 그리고 어머니에게. 미워하는 사람이 있어야
살아갈 수 있었습니다.

이발소는 어렵지 않게 찾을 수 있었습니다. 문을 열자 또래로 보이는 청년의 머리 위로 이발기구가 지나가고 있었습니다.

"입소해요?"

"⋯⋯예."

"학생도 혼자 왔나봐?"

대답을 머뭇거리자 이발사가 말을 이었습니다.

"가끔씩 학생처럼 혼자 와서 입소하는 청년들이 있지. 말 못할 사연과 함께. 거기 앉아요."

이발사가 눈길을 던진 자리에 소파가 있었습니다. 소파에 앉자 낡고 오래된 냄새가 얼굴을 찌푸리게 했습니다. 냄새의 원인을 찾기 위해 두리번거리다가 거울 속의 청년과 눈이 마주쳤습니다. 빤히 쳐다보는 청년의 시선 때문에 당혹감이 느껴졌습니다. 고개를 숙였습니다.

"혹시⋯⋯ ○○초등학교에 전학 왔던⋯⋯."

이발사가 이발을 멈췄습니다.

"예?"

거울 속의 호기심 많은 눈동자들이 내 입술에 고정됐습니다.

"……예."

그들은 기다렸다는 듯이 놀라운 표정을 지었습니다.

"두 사람 동창이구나!"

"맞네! 맞아요!"

확신에 찬 그의 말투가 과거를 향해 기억을 더듬게 했습니다.

"군대가 가끔은 오래 만나지 못했던 인연을 다시 만나게 해주죠. 다들 비슷한 시기에 입대하니까."

이발사의 경험이 되새긴 중얼거림이 머리를 어지럽혔습니다. 나를 아는 누군가를 더 만날 수 있다는 가능성과 반가워하는 친구의 얼굴이 교차했습니다. 순간 나도 모르게 한숨을 내뱉고 말았습니다.

친구는 나의 기분과는 상관없이 수다스러웠습니다. 이발을 끝내고 수건으로 젖은 머리를 닦는 동안에도 주섬주섬 기억하는 일을 더듬었습니다. 그와 교대해 이발대 위에 앉았습니다.

"어릴 때 얼굴 그대로네."

이발사의 지시로 고개를 숙이고 있던 터라 웅얼거리

는 목소리로 대답해야 했습니다.

"그래? 미안…… 나는 기억이 잘……"

"서울에서 왔다고 여자애들 관심이 대단했지. 물론 네가 친구들을 전부 외면해서 금세 호감이 비호감으로 바뀌긴 했지만."

"……"

"경화는 기억하겠지?"

나도 모르게 커진 눈으로 친구를 바라보았습니다.

"너 삼거리에서 경화 기다렸다가, 뒤쫓아서 등교하고 그랬잖아!"

눈가로 머리카락이 들어가서 얼굴이 찡그려졌습니다. 친구는 나의 당황하는 모습을 재미있어 하며 장난기 어린 말을 툭 던졌습니다.

"그것도 매일!"

머릿속이 하얘졌습니다. 생각 없이 손으로 눈가를 훔치고 말았습니다. 손등에 묻어 있던 잘린 머리카락들이 눈을 더 따갑게 했습니다. 이발사는 입으로 후후 바람을 불며 솜으로 눈가에 붙어 있는 머리카락을 털어냈습니다.

"금방 끝나니까 움직이지 말아요. 만남의 기쁨은 이따

가 이발 끝나고 식사하면서 즐기시고."

경화의 집은 내가 사는 마을의 반대편에 있었습니다.
집에서 걸어 나와 오른쪽 길로 가면 경화가 사는 마을이
었고, 왼편으로 가면 학교가 있었습니다. 고양이사건 이
후 나는 줄곧 경화가 삼거리에 도착하는 시간에 맞춰 등
교했습니다. 집에서 삼거리까지 십 분, 삼거리에서 학교
까지는 오 분 거리였습니다. 나는 조금 이르다 싶으면 경
화가 보일 때까지 길가에 핀 들꽃과 어울렸습니다. 경화
가 시야에 들어오면 멀지도 가깝지도 않은 거리를 유지
하며 교문을 통과했습니다. 누가 누구를 좋아한다는 놀
림을 듣지 않기 위해 나만이 알 수 있는 거리를 유지했습
니다. 하교 때는 가장 먼저 나와 달음질할 때도 있었습니
다. 집에서 언덕 정도 높이의 작은 야산을 넘으면 경화가
사는 마을이 있었습니다. 나는 책가방을 방에 던져놓고
야산에 올라 신작로를 걸어 집으로 향해 가는 경화의 뒷
모습을 지켜보았습니다. 아카시아 나무를 꺾어 잎사귀
를 따며 경화의 마음을 점치기도 했습니다.

"경화가 나를 좋아한다."

한 장 한 장 잎사귀를 딸 때마다 발음되는 경화의 이름이 유리병에 넣은 편지처럼 마음속을 떠다녔습니다.

"경화가 나를 싫어한다."

마지막 잎사귀 한 장을 뗄 때는 늘 좋아한다는 말로 마쳤습니다.

델마와의 동거는 상상 이상으로 행복했습니다. 물론 지독한 알레르기 반응을 견디기 위해 비염약과 기관지확장제를 입에 달고 살아야 했습니다. 그러나 그때는 그런 장애조차 사랑의 과정처럼 느껴졌습니다. 나의 하루를 마중하고 배웅하는 손바닥 크기의 암고양이가 지구의 전체처럼 느껴졌습니다. 새벽이면 내 머리칼을 쓰다듬었고, 집을 나설 때는 슬픈 표정을 지으며 작은 새소리로 칭얼댔습니다. 델마가 나의 삶에 스며들수록, 아니 내가 델마의 하루에 스며들수록, 내가 고양이가 되거나 델마가 사람이 되면 좋겠다고 한밤을 중얼거렸습니다. 델마가 곁에 있는 시간 속에서 헤어지면 죽을 것 같았던 연인의 얼굴도 천천히 희미해졌습니다. 고양이와 함께 있으면 외로움조차 잊는다는 그녀들의 말을 이해할 수 있었습니다. 델마가 살아가는 영역은 내가 잠들었다가 깨어나 함께 햇볕을 마주하는 공간에 있었습니다. 나는 태어나서 처음으로 아무 조건 없이 내가 나이기에 사랑받는다는 느낌을 받았습니다. 델마는 나라는 존재 하나만으로 충분히 만족했습니다. 자신의 식탁에 값비싼 음식이 놓이지 않아도, 화려한 가구와 넓은 집을 갖고 있지 않아도, 델마는 매순간 내 곁을 호흡했습니다. 나 역시도 그런 델마를 아낌없이 사랑하고 싶었습니다. 그러나 삶이란, 늘, 발음하는 대로 적히지 않는 문장이었습니다.

늦잠을 잤습니다.

"어, 젠장! 시간이 벌써 이렇게 됐다. 델마야! 나 어떻게 하지?"

출근시간이 늦어 델마와의 인사를 후다닥 해치워야 했습니다.

"가만히 있어봐!"

의자에 앉아 창밖을 보며 무릎에 앉은 델마 쓰다듬어 주기, 그러다 너무 예뻐서 뽀뽀하고 눈곱 떼어주기, 싫다고 야옹하면 귀여워서 CIAO ちゅ~る 짜주기, 가끔씩 잊어버리는 베란다 화장실 치우기 등을 순식간에 처리했습니다.

"아, 늦었다! 늦었어!"

지각은 삶의 문법을 깨뜨리는 일이었으므로, 나는 델마를 향한 애정표현을 서둘러 마쳐야 했습니다.

집을 나섰습니다. 문득 알 수 없는 불안감이 어깨를 붙들었습니다. 나는 주섬주섬 불안의 원인을 헤아렸습니다. 그러나 기억해내지 못했습니다. 알고 있었으나 알고 있지 못했던 불행을.

클라이언트가 예고 없이 저녁식사를 요구해왔습니다. 매출 증대로 인한 감사를 나의 책임감 위에 기록하길 원했습니다. 클라이언트는 반드시 있어야 하는 문장의 품사여서 거절하지 못했습니다. 나는 계속되는 불안 때문에 술을 입에 대지 않았습니다. 취하지 않은 채로 식당에서 세계맥주집으로, 다시 술과 음악이 있는 가라오케로 이동해야 했습니다. 클라이언트의 기분을 배려하는 일은 문장에 마침표를 찍는 일이었으므로, 자정을 넘겨 집에 도착했습니다. 불안 속에서 출입문을 열었습니다. 그런데 늘 귀가를 환영하던 델마가 보이지 않았습니다. 나는 방에서, 화장실에서, 베란다에서, 델마의 부재를 확인했습니다. 그 순간 마음이 절벽 끝으로 걸어갔습니다. 열려 있는 베란다 창문을 보고서야 델마의 위급을 깨달았습니다. 5층이었기 때문입니다. 델마를 찾아 마치 아픈 아내를 잃어버린 남편처럼 401호, 301호, 201호의 문을 두드렸습니다.

"한 번만 더 창문으로 고양이가 들어오지 않았는지 확인을……."

"도대체 왜 이러세요! 지금이 몇 시인 줄 아세요? 없다고 했잖아요!"

새벽을 걷고 또 걸었습니다. 새벽을 걷고 또 걸어 델마가 움츠리고 있을지도 모를 어둠 속에 걱정과 우려와 슬픔을 표시해 두었습니다. 그러다 아침이 되어서야 겨우, 너무 먼 곳으로 찢겨져 나간 나의 슬픈 영역을 찾아낼 수 있었습니다.

대학을 졸업한 후 제법 규모가 있는 IT회사의 홍보마케팅 부서에 입사했습니다. 이 분야는 망상이나 잡념을 잘 주절댈 수 있는 사람을 환영했습니다. 브레인스토밍의 시대에서 나의 몽상은 다시 창의력이라 명명됐습니다. 몇 년 정도 경력이 쌓인 후 광고대행사와 마케팅 방향을 조율하는 역할을 담당했습니다. 광고대행사 담당자는 자신들의 클라이언트 관리를 위해 순간순간 만남을 요청해왔습니다. 처음에는 공적인 관계와 사적인 관계가 뒤섞이는 것이 싫어서 거절을 반복했습니다. 그러나 아이러니하게도 반복된 거절은 그의 요청이 아닌 나의 거절을 무너뜨렸습니다.

"죄송합니다. 제가 나중에 점심식사라도 한 번 대접하겠습니다."

업무를 위해 담당자와 마주할 때면 마음에도 없는 사과가 대화의 시작여야 했습니다.

"괜찮습니다. 대리님이 OK일 때가, 제가 OK일 때입니다."

잘못한 일이 없음에도 사과해야 하는 상황들이 거북했습니다. 그러나 개인적인 감정보다 더 거북했던 것은 광고주와 대행사 사이의 위계였습니다. 나의 거절은 의도와는 상관없이 권위를 가졌습니다. 권위는 그에게 더욱 겸손한 자세를 요구했습니다.

"24시간 항시 대기하고 있으니 언제든지 찾아주시면 됩니다."

위계에서 벗어나기 위해서는 위계에 참여해야 했습니다.

그는 뛰어난 영업능력으로 광고업계에서 명성이 높은 사람이었습니다. 그와 만나며 그의 명성이 어디에서 시작됐는지 확인할 수 있었습니다. 그는 술을 매우 좋아했습니다. 술을 한 잔만 입에 대도 얼굴이 빨개지는 나와는 달리 주량도 대단해서 혼자서 양주 한 병을 처리해도 말짱해 보였습니다. 그는 술에 취한 상태에서도 일을 손에 놓지 않았습니다. 술자리는 늘 그가 추진하고 있는 프로젝트에 대한 설명과 지속적인 관심을 부탁하는 말로 채워졌습니다. 자칫 딱딱해질 수 있는 분위기는 그의 능청

스러운 화법으로 자연스러워졌습니다.

"대리님! 내년에 경쟁 PT할 때도 잘 부탁드립니다. 빨리 성공해서 결혼도 해야 하고 부모님께 효도도 해야 합니다. 저의 미래는 대리님께 달려 있습니다."

"제가 무슨 힘이 있나요? 그런 말씀은 부장님이나 상무님께 하셔야……."

"에이, 대리님! 대리님이 만년 대리겠어요? 과장도 되고 부장도 되고, 나중에 CEO가 되실지 누가 알겠어요?"

그는 사람을 기분 좋게 하는 능력이 있었습니다. 회사 임원진과 함께 술자리에 동석했을 때도 그는 동일한 표현으로 이해당사자들을 즐겁게 했습니다. 그만큼 취기와 동행하는 유머에 가까운 발언이었지만, 그가 사람을 대하는 마음만큼은 진심으로 느껴졌습니다. 타인의 성공을 통해 자신의 성공을 염원하는 마음. 때문에 그를 만나는 사람 대부분이 그에게 호감을 가졌습니다. 나 역시도 그와 만나는 횟수가 늘어갔습니다. 물론 나에게는 잦은 만남이 친분의 두터워짐을 의미하지 않았습니다. 그러나 그는 친분의 성숙으로 받아들여 자신의 사적인 영역조차 공유하려 했습니다.

"그렇게 오래 만나셨으면 결혼하실 때가?"

"돈 많이 벌어서 공주처럼 모실 수 있을 때 하려고요."

확신에 찬 그의 발언이 내심 부러웠습니다.

"잠깐만요."

그가 벨이 울리는 스마트폰을 나에게 내밀었습니다. 꽃다발을 한아름 안고 있는 여자의 얼굴이 보였습니다.

"결혼할 공주님이에요. 예쁘죠! 귀가 간지러웠는지 전화했네요."

그의 활짝 웃는 표정에서 연인에 대한 애틋한 마음을 확인할 수 있었습니다. 가난과 재채기와 사랑은 감출 수 없다는 말이 새삼 머릿속을 맴돌았습니다. 나는 뜬금없이 가난한 사람의 재채기와 가난한 사람의 사랑이 가질 수 있는 난처함을 떠올렸습니다.

"공주님이 한밤중에 전화를 주셨네. 어? 지금 술 마시고 있지. 누구랑? 전에 내가 몇 번 이야기한 적 있는 대리님이랑. 아니, 아니! 그분 말고. 맞아! 그 IT회사. 여자? 아니야? 나 그런 데 안 가는 거 알잖아? 못 믿어? 못 믿으면 대리님 바꿔줄까? 아니면 공주님이 여기 오시던가? 진짜? 진짜로 오게? 오—케이! 그러니까 여기 어디

냐면······."

　우울한 날에는 그림자들이 찾아왔습니다. 너무 선명해서 오히려 희미해진 이야기가 어둠 속의 무언극으로 그려졌습니다. 자정 무렵 한 그림자가 현관문 앞에서 맞은편 아파트에 걸려 있는 손톱달을 바라보고 있었습니다. 문득 아파트 입구로 스며드는 두 그림자를 보고는 고개를 갸웃거렸습니다. 한 그림자가 주변을 살펴보더니 한 그림자에게 가볍게 입맞춤했습니다. 그리고는 다정하게 손을 흔들었습니다. 한 그림자가 은은한 가로등 불빛 사이로 천천히 사라졌습니다. 한 그림자가 머리를 매만지며 뒤돌아섰습니다. 그 순간 어느새 뒤돌아 뛰어온 한 그림자가 한 그림자를 끌어안았습니다. 누가 먼저라고 할 것도 없이 서로가 서로에게 입맞춤했습니다. 헤어지기 싫지만 가야 할 곳이 있는 사람들처럼. 검정과 검정이 뒤엉켜 세찬 폭풍우 속의 나뭇잎처럼 흔들거렸습니다. 사랑의 격정을 이기지 못해 더 깊은 검정 속으로 사라졌습니다. 그리고 그림자들이 떠나간 자리에 한 그림자가 그려졌습니다. 몸이 들썩이고 있었던 것 같습니다. 한 그림자가 조심조심 현관문을 열고 집에 들어갔습니다. 자정을 걷고 있는 시계바늘을 보고서는 그대로 침대에 몸을 뉘었습니다. 들썩이다 주저앉은 한 그림자의 마음을 헤아리다 잠들었습니다. 현관문이 열리는 소리에 눈을 떴습니다. 범람하는 예감을 막아 세우기 위해 다시 눈을 감아버린, 한 그림자가 있었습니다. 밤이 뒤척이고 있었던 것 같습니다.

스마트폰 벨소리가 책상 앞에서의 선잠을 깨웠습니다. 안산 야생동물보호소에서 새벽에 남겨놓은 메모에 대한 답변을 전해왔습니다. 택시로 두 시간 밖의 거리에서, 델마가 죽어가고 있다고 했습니다.

델마와 나는 삼 개월을 함께 살았습니다. 처음 며칠은 내가 볼 수 없는 구석에서 시간을 보냈습니다. 그러나 나의 영역이 자신의 영역이 된 후로는 나 역시도 델마의 영역이었습니다. 델마는 내 가슴팍에 올라와 잠들기를 좋아했습니다. 한번은 갑작스러운 알레르기 반응 때문에 호흡곤란을 동반한 기침을 반복하다 잠에서 깨어났습니다. 그런데 델마는 그런 소란함 속에서도 내 몸에 자신의 발을 올리고 있었습니다. 나와 눈이 마주치자 델마가 가슴 위로 올라앉았습니다. 멈추지 않는 기침을 멈추게 해주려는 듯이, 아주 작은 다리로 내 몸 전체를 끌어안았습니다. 기침이 잦아들었습니다. 델마의 품안에서 나는 마치 아기처럼 잠들었습니다.

동물병원에서 재회했습니다. 델마는 목에 기브스를 한 채로 누워 있었습니다. 수의사는 모든 신경이 죽은 것 같다고 우려를 표명했습니다. 보호소 관계자는 자신의 경험을 토대로 델마에게 해줄 수 있는 유일한 사랑에 대해 강조했습니다.

"이런 경우 되도록 빨리 보내주시는 게 좋아요. 저렇게 살아 있으면 너무 고통스럽잖아요."

나는 화난 표정으로 보호소 관계자에게 대답했습니다.

"만나자마자 안락사부터 권유하시는 게 그쪽 사람들의 업무인가요?"

나는 당황한 보호소 관계자를 뒤로 하고 델마에게 다

가갔습니다. 그리고 조심스럽게 이름을 속삭였습니다.

"……델마."

그 순간 기적처럼, 델마가 온힘을 다해 일어섰습니다. 그리고는 쓰러졌다가 일어서기를 반복했습니다. 그 절박한 움직임이 간절한 목소리로 나의 심장을 할퀴었습니다.

"이제 우리 함께 집으로 돌아가요!"

분명 델마는 그렇게 소리치고 있었습니다. 그러나 델마의 울부짖는 요청에도 나는 물러서야 했습니다. 혹시나 더 상태가 나빠질지도 모른다는 걱정 때문에 마치 없는 사람처럼, 나는 있는 나를 감춰야만 했습니다.

슬픔 속에서도 하루분의 문법을 지켜야 했습니다. 퇴근 후 그날 입었던 셔츠를 들고 병원에 갔습니다. 수의사에게 옷을 맡기기 전 종이와 볼펜을 얻어 간절한 기도를 적었습니다.

델마야! 나와 함께 살자! 꼭!

"제가 다가가면 델마가 또 움직여서 몸이 더 상할 것 같아요. 선생님께서 이걸 델마 곁에 놓아주세요."

수의사가 고개를 끄덕이고 병원 안쪽으로 사라졌습니다. 잠시 델마의 울음소리가 들려왔습니다.

　새벽 세 시, 잠깐의 잠에서 깨어났습니다. 무척이나, 델마에게 가고 싶었습니다. 너무 이른 시간이라 다섯 시가 되길 기다렸습니다. 그 순간 나의 예의는 사랑이 아니라 문법에 가까웠습니다.

　델마에게 달려가는 중에 스마트폰이 울렸습니다. 불안이 엄습했습니다. 발걸음을 멈췄습니다.

　"죄송합니다. 델마가 방금……."

　어쩌면 새벽에 나를 깨웠던 것은 델마의 그리움이었습니다. 병원에 도착해서 아직 체온이 조금 남아 있는 델마를 끌어안고 삶의 문법을 원망했습니다.

　무단결근을 자청했습니다. 머릿속이 온통 하나의 키워드로 충만해졌습니다.

　"델마!"

　델마를 반복해 말하면 문장이 되었고, 다시 이야기가 되어, 방 안에 가득 차올랐습니다. 두 음절이 지구에서 가장 슬픈 노래가 돼 순간순간 내 마음을 짓눌렀습니다. 그

러나 그 순간이 지나가면 내가 가진 그리움은 과거가 아
닌 미래에서 델마와 함께하는 몽상 속을 걸었습니다. 달
콤한 시간이 고통을 끌어안았습니다. 다시 고통이 달콤
한 시간을 품었습니다. 이런 이질적인 감정의 반복은 출
근보다 결근에 호의적이었습니다. 델마와 함께 호흡한
삼 개월은 지나간 과거가 아니라, 내가 살아서 숨 쉬는 지
금이었습니다.

달빛을 걷고 또 걸어서

4

그녀는 플로리스트였습니다. 화사한 원피스를 입고 등장한 그녀는 밝고 명랑한 기운으로 카페에 있던 모든 남자들의 시선을 사로잡았습니다. 무릎 위에서 찰랑거리는 치마의 끝자락이 봄의 아지랑이처럼 흔들거렸습니다. 나의 마음은 약시가 되었습니다. 왼쪽으로 묶어 내린 머리가 그녀의 나이를 가늠하기 어렵게 했습니다. 술 때문인지 그녀 때문인지 나는 현실과 꿈의 경계를 구분하기 어려웠습니다. 카페의 은은한 등이 그녀의 얼굴을 비추면 마음 깊숙이 간직하고 있었던 이름이 깨어났습니다.

나는 한참 그녀의 눈길을 피했습니다. 그녀는 분명 내가 알고 있는 누군가와 닮아 있었습니다.

"말씀 많이 들었어요. 직접 만나니 더 근사한 분이시
네요."

그녀가 먼저 익숙하게 인사를 청했습니다.

"안녕하세요. 처음 뵙겠습니다."

"대리님! 가끔 여사친구와 함께 만나도 되죠? 저와 여
자친구는 친분이 두터운 사람을 모두 공유하거든요."

그의 발언으로 그녀가 처음 만난 사람을 오래 알아온 사
람처럼 친숙하게 대할 수 있는 이유를 알 수 있었습니다.

"예? 예……."

대인관계가 협소한 나로서는 이해할 수 없었습니다.
그러나 두 사람의 삶의 태도에 대한 나의 몰이해와는 무
관하게 심장이 두근거렸습니다.

"앞으로 잘 부탁드려요!"

"예? 예……. 저도……요."

나는 애써 나의 마음으로부터 돌아앉았습니다.

두 사람은 캠퍼스 커플로 시작한 사랑을 십 년째 유지
하고 있었습니다. 그녀는 대학을 졸업한 후 홍대역 인근
어디에서 비밀의 화원이라는 꽃집을 운영하며 연인의

성공을 기다리고 있었습니다.

"대리님! 꼭 성공해서 여자친구 손에 물 한 방울
도……."

"오빠! 또 시작이야. 그런 이야기는 제발 둘이 있을 때
만 해. 자꾸 남들 앞에서 그러면, 부끄럽잖아!"

그날 처음으로 술에 취한 그의 모습을 목격했습니다.
곁에 그녀가 있다는 사실이 그에게 무한한 안도감을 선
물하는 것 같았습니다. 시간이 흐를수록 그녀의 볼을 어
루만지거나 손을 잡고 애정을 표현하는 정도가 늘어갔
습니다. 급기야 나의 시선을 전혀 의식하지 않고 그녀의
입술에 입맞춤을 시도했습니다.

"자기 그만!"

그녀의 볼이 빨개졌습니다.

"죄송해요. 원래 이런 사람이 아닌데 요즘 술자리가
잦아서 생각보다 빨리 취했네요."

나는 웃었습니다.

"괜찮습니다."

그러나 두근거렸던 마음이 나도 모르게 내면의 가장
밑바닥으로 추락했습니다. 두근거림이 소용돌이로 뒤바

꿰었습니다. 취기가 올라왔습니다. 격정을 들키지 않기
위해서는 먼저 일어서야 했습니다.

"시간이 벌써 이렇게 됐네요. 이제 가야겠어요."

술자리를 끝내고 두 사람은 나를 먼저 택시에 태웠습
니다. 택시가 천천히 출발하자 술자리에 무잇을 두고 나
온 사람처럼 마음이 허전했습니다. 뒤돌아보았습니다.
그녀가 손을 흔들었습니다. 나를 향해 입술을 움직이고
있는 것 같았습니다. 손으로 두 눈을 비볐습니다. 닿을 수
없었으나, 늘 닿고 싶었던 세계에서 한 소녀의 목소리가
들려왔습니다.

"우리 어른이 되면 다시 만나!"

"불쾌해!"

과거에 대한 고백을 이어가고 있을 때 경고음이 울려

왔습니다. 그때서야 나는 교환가치로 생각했던 연애담이 무엇으로도 교환할 수 없는 절대가치를 지닌 것임을 알게 되었습니다. 그날 이후, 그녀는 이별을 선언하기 시작했습니다. 선언이 시작되면 나는 매번 그녀의 집 앞에서 새벽을 보냈습니다. 몇 번은 나의 열정적인 구애에 다시 연인이 시작되는 것처럼 보였지만, 잠깐이었습니다. 그래서 그녀에게 합리적일 수 있는 만남을 제안했습니다.

"너도 결혼할 나이가 지났으니까, 이제는 만나고 싶은 사람 있으면 만나. 나는 이대로 있을 테니까. 너는 나중에 선택하기만 하면 되는 거야."

그러나 깨져버린 믿음의 자리를 합리가 대신할 수는 없었습니다.

"나도 내 마음이 어떤 것인지 모르겠어. 그런데 자꾸 생각나."

"과거보다는 현재가 중요하잖아."

"만약에 내가 과거에 사랑했던 남자와 오빠가 너무 닮아서 만났다고 하면 오빠 기분은 어떨 것 같아? 그리고 내가 왜 오빠의 이루지 못한 첫사랑을 대신해야 하지? 생각하면 할수록 오빠에게 나는 아무것도 아닌 것 같아.

혹시 나 만날 때마다 그 여자 생각하는 건 아니지? 그래도 어쩔 수 없지. 뭐, ······백 년? 지금도 늦지 않았으니까 그 여자 만난 후에 나에게 와. 물론 그때 내가 오빠를 받아줄 수 있을지는 잘 모르겠지만."

"그러니까 그 아이는······."

"다시 말해서 미안하지만, 그 여자에 대한 오빠의 순수는 나에 대한 불결이야. 나도 이제부터는 이 남자 저 남자 만나보고 결정할 거야. 결혼할지 혼자서 살아갈지를."

그녀는 실제로 내가 아닌 다른 남자들을 만나기 시작했습니다. 그것은 나에게 고통이었고 슬픔이었습니다. 그녀는 누군가를 만나면 꼭 트위터에 사진을 업로드해 이른 아침의 새들처럼 즐거움을 지저귀었습니다. 대상이 가려진 공간에는 와인과 고급스러운 음식이 놓여 있었습니다. 나는 그 대상을 상상하며 슬픔 속을 헤맸습니다. 그러나 그녀를 만날 때만큼은 온전히 선택을 기다리는 사람처럼 행동했습니다. 그럴수록 내가 가진 사랑에 증오가 뒤섞였습니다. 머지않아 상상력은 증오에게 어깨를 내어주었습니다. 나의 상상이 그녀와 정체를 알 수 없는 남자들의 내밀한 장면에 도착하면, 밤은 더 이상 덮

달빛을 걷고 또 걸어서 •

85

기 힘든 이불이었습니다. 천근이나 되는 새벽을 겨우 밀어내고 땀이 범벅이 돼 잠에서 깨어나곤 했습니다.

그날은 불면의 밤을 견딜 수 없었습니다. 무작정, 아무런 연락도 취하지 않고 그녀의 집으로 향했습니다. 택시를 타고 이동하는 내내 내 삶을 뒤쫓았던 그림자들의 내력이 머리를 어지럽혔습니다. 처음 그녀를 만났을 때 두 그림자 중 하나가 나였다면, 지금은 두 그림자를 지켜보는 한 그림자가 나일지도 모른다고, 불안이 뒤척였습니다. 그녀의 집에 도착할 즈음 골목 안쪽으로 걸어가는 낯익은 여자가 보였습니다. 그녀였습니다. 택시에서 내렸습니다. 나는 당장이라도 달려가서 그녀의 손을 잡고 참아왔던 사랑을 쏟아내고 싶었습니다. 그러나 그녀의 축처진 어깨가 허락하지 않았습니다. 그녀의 쓸쓸한 뒷모습을 바라보며 통화 버튼을 눌렀습니다. 목소리만이라도 듣고 싶어서였습니다. 그녀가 전화기를 살폈습니다. 그리고는 잠시 멈춰 서더니 골목 귀퉁이로 걸어갔습니다. 두 손으로 얼굴을 가리고 쭈그려 앉았습니다. 그녀의 몸이 흔들거리기 시작했습니다. 나에게 시작된 사랑이 내가 어찌할 수 없는 악몽이 되었다면, 그녀에게도 그렇다고…… 골목이 비틀거렸습니다. 그 순간 연못 앞에 앉아 있는 한 여자의 흥얼거림이 들려왔습니다.

"나에게 마지막 인사로 체취를 남길 때 그 고양이의 마음은 어떠했을까? 그때는 나만 슬프다고 생각했는데, 지금은 그 고양이가 더 슬펐을지도 모른다는 생각이 들어."

나는 그녀에게 숱한 사랑의 말을 고백했지만, 단 한 번도 그녀의 행복에 대해 묻지 않았습니다. 사랑이 행복을 목적으로 한다면.

"이제는 나도 행복하게 살고 싶어!"

나는 그녀를 사랑한 적이 없었습니다.

소년이 거울을 보며 웃습니다. 거울 속에서 소년과 함께 있는 소녀의 모습에 환호하고 있는 것입니다. 그러나 거울 속의 소녀는 있고, 또 없습니다. 누군가는 여기서 소년이 갖는 결여를 발견합니다. 거울에 비친 소년의 꿈은

완벽하지만 소녀의 실재는 불완전하기 때문입니다. 결여는 욕망이라는 이름으로, 소년의 무의식 속에 자리하며 끊임없이 소녀를 열망하게 합니다. 소년이 거울을 보며 웃습니다. 거울 속에서 소년과 함께 있는 소녀의 모습에 환호하고 있는 것입니다. 그러나 소년은 불안을 느낍니다. 거울 속에는 소녀가 있고, 또 없기 때문입니다. 그러므로 소녀는 소년에게 추구해야 할 꿈입니다. 그래서 누군가는 소년의 욕망에서 번식을 찾아냅니다. 그러나 이런 것들은 소년에게 '아'일 수도 있고 '어'일 수도 있습니다. 거울의 바깥이 거울의 안인 것처럼.

"자네는 장래희망이 뭔가?"

"……없습니다."

"하고 싶은 일이 없어?"

"……예."

"소유하고 싶은 것도?"

"……예."

"그럼 대학에는 왜 진학하려고?"

"그게…… 다들 가니까……."

나는 어릴 때부터 무엇이 되고 싶다든다 무엇을 갖고 싶다는 욕망이 없었습니다. 그래서 무엇이 되기 위해 열정을 다하는 사람들의 의식이 궁금했습니다. 궁금증은 나의 청년기를 정신분석 연구자들과 함께 하게 했습니다. 그냥 흘러가는 대로 사는 사람, 욕망의 없음과 마주한 무목적 삶을 살아가는 사람. 이런 나에 대한 스스로의 진단은 그녀를 만난 후에 완벽하게 깨져버렸습니다.

그녀와의 첫 만남 이후 가끔씩 그녀와 연관된 꿈을 꾸었습니다. 한 번도 가본 적이 없는 비밀의 화원 앞을 서성인다던가, 얼굴을 매만지는 손길을 느껴 잠에서 깨면 그녀가 환하게 웃고 있다던가 하는. 꿈 때문이었는지, 두 번째로 그녀를 만났을 때는 그녀의 다정한 말투와 웃음이 나를 좋아하고 있을지도 모른다는 착각을 불러일으켰습니다. 세 번째 만남 후에는 내가 내 자신을 외면하고 싶을 정도로 힘겨운 꿈에 젖었습니다. 비밀의 화원에서 우리는 스스럼없이 서로의 몸을 염탐했습니다. 한 남자의 얼굴이 썰물처럼 밀려갔다가 밀물처럼 들이닥치면 나는 숨을 몰아쉬며 헐레벌떡 잠에서 깨어났습니다. 그때마다 나는 중얼거렸습니다. 그녀이기 때문에 그녀를 욕망하는 것일까? 아니면 사랑의 결여와 번식이 그녀를 욕망하게 하는 것일까? 나의 죄책감에는 경화와 그녀에 대한 동일시가 뒤섞여 있었습니다. 그것은 그녀를 향한 마음의 실체를 불분명하게 했습니다.

거울 속에서 고양이가 지나갔습니다.

"우리 자장면 먹자! 훈련소에 들어가면 가장 먹고 싶은 음식 중 하나가 자장면이라고 하더라고."

그가 멀리 보이는 중국집 간판을 가리켰습니다.

"그래."

발걸음이 빨라졌습니다. 미래에 먹고 싶을 가능성이 있는 음식보다 경화에 대한 이야기가 발걸음을 재촉했습니다.

"왜 이렇게 빨리 걸어? 너 배 많이 고프구나!"

"아니. 시간이 아깝잖아."

친구는 테이블에 앉자마자 자장면 곱빼기 두 그릇을

주문했습니다.

"괜찮지?"

"응? 응. 괜찮아."

나는 친구가 어떤 음식을 주문하든 상관없었습니다.

"양이 많으면 나에게 덜어!"

유일한 고민은 어색하지 않게 경화 이야기를 꺼내는 것이었습니다.

"응. ……그런데, 누가 그런 말해?"

"어? 뭐?"

"아까 이발소에서."

"……경화? 야! 당사자가 모르는 척하냐? 너 등교할 때 경화 뒤에서 쫄쫄쫄 따라다녔잖아. 그게 하루 이틀도 아니고 졸업할 때까지 그랬는데 친구들 사이에 오간 말이 없었겠냐!"

얼굴이 벌겋게 달아올랐습니다.

"짜식, 더 말하면 홍당무 되겠네. 옛날이나 지금이나 소심해가지고. 그런데, 경화도 널 좋아했던 것 같던데? 맞지?"

"……어? ……그랬나?"

"모르는 척하는 거야, 아니면 진짜 모르는 거야? 하긴 둘 다 성격이 비슷해서 좋아해도 표현 한 번 못했을 수도 있지. 경화가 얼굴이 하얗고 창백한 게 몸이 약해서 그런 거잖아. 아마 심장병이 있었을 거야. 그래서 체육시간마다 교실에 혼자 남아 있었지. 내가 경화랑 한동네 살았잖아. 5학년에 올라가서 얼마 안 됐을 때였나? 학교 가는데 누가 내 앞을 휙 뛰어가더라. 경화더라고. 그 전까지 경화가 한 번도 뛰는 걸 본 적이 없어서 나도 뒤쫓아서 뛰었어. 지각할 시간도 아니었고, 경화가 지각한다고 해도 꾸중할 선생님도 없었잖아. 성실하고, 공부 잘하고, 얼굴도 예뻐서, 건강 빼고는 완벽했으니까. 그런데 경화가 삼거리에서 멈추더니 숨을 몰아쉬면서 네가 사는 마을 쪽을 바라보더라. 나도 잠깐 멈춰서 지켜봤지. 그런데……."

자장면이 나왔습니다. 친구는 말을 멈추고 쟁반에서 식탁으로 옮겨지는 자장면에 집중했습니다.

"이모! 단무지랑 양파 한 접시 더 주세요. 많이요!"

종업원이 손가락으로 메뉴판에 적힌 글씨를 가리키며 대답했습니다.

"추가 단무지는 셀프예요!"

나도 모르게 표정이 굳어졌습니다. 친구도 이를 의식했는지 바로 말을 이었습니다.

　"미안, 미안. 내가 어디까지 이야기했지? ……맞다. 멀리서 네 모습이 보이니까 경화가 걷기 시작하더라. 그것도 매우 느린 속도로. 그런데 네가 경화를 보더니 빠른 속도로 걷는 거야. 어느 정도 간격이 되니까 경화도 너도 발걸음을 맞춰서 걷는데, 너무 재밌게 보여서 애들에게 다 말하려다가…… 참았다! 경화 생각해서. 나도 경화 좋아했잖아. 아마 남자애들 대부분이 좋아했을 거야."

　연못 앞에 앉아 슬픔에 잠겨 있던 한 소년의 머리에 위로의 손이 놓였습니다. 얼굴에 열이 올랐습니다.

　꿈속에서 경화와 나눴던 대화가 사실처럼 느껴졌습니다.

　"오빠! 그래서 다음은 어떻게 됐어?"

　그녀가 이야기에 몰입할수록 나는 내가 펼쳐놓은 진지함에 빠져들었습니다. 솔직함이 그녀의 마음에 닿고 있다는 것을 순간순간 그녀의 표정을 통해 읽어낼 수 있었습니다.

달빛을 걷고도 걸어서

"순수했던 시절의 이야기라 아름답게 느껴져. 경화 씨가 부러워지네."

그러나 그녀가 나의 과거를 이해하는 것과 그것을 인정하는 것은 별개의 문제였습니다. 게다가 어느 편이든 그녀의 마음에 서글픔이 어린다는 것을 나는 알아채지 못했습니다.

결국 그녀를 오독했습니다.

그녀의 적극적인 이해가 나도 모르게 무의식과 의식을 오가던 한 마디 말을 불러냈습니다.

"닮았어! 너를 보고 있으면 자꾸 경화가 떠올라. 너무 많이……"

그 순간 그녀의 눈가에 투명한 비늘이 보였습니다. 점점 부풀어 오르던 비늘이 그렁그렁한 눈물이 되었을 때에야 비로소, 나는 무엇인가 잘못됐다는 사실을 깨달았습니다.

"불쾌해!"

"……"

그녀의 볼을 타고 눈물이 흘러내렸습니다.

"우리 이제 그만 만나는 게 좋을 것 같아!"

남아 있는 이야기와 그녀의 울음이 뒤엉켰습니다. 그녀의 마음속에서 나의 과거가 생생하게 부활하고 있었습니다.

"미안하다! 그런데 네가 뭔가 오해하고 있는 것 같아. 그러니까 내가 한 말의 뜻은……."

"나는 그 여자가 아니야!"

그녀를 만나지 않는 편이 좋겠다고 생각했을 때, 그는 광고기획사를 떠났습니다. 자신이 구축해온 인적 네트워크를 이용해 사업을 시작했습니다. 다행이라고 생각했지만 마음 한편에는 아쉬움이 출렁거렸습니다. 클라이언트와 대행사라는 대외적인 관계가 단절되자 그와 나의 사적인 관계는 생각보다 빠르게 과거가 되었습니다. 그렇게 이 년이 지나고 업계에 그에 대한 소문이 들려왔습니다. 그의 성공은 그를 활용할 줄 아는 구조 안에 있을 때에만 가능했습니다.

"부장님이 좀 도와주시지 그랬어요."

"다들 도와주려고 했는데, 성과가 없으면 한 번은 몰라도 두 번은 힘든 게 이 바닥 생리 아닌가. 게다가 실력에 비해 스케일은 지나치게 커서 무모하게 일을 크게 벌였어. 그렇다고 모아둔 돈이 많았던 것도 아니고. 한때의 명성이 오히려 독이 됐던 셈이지. 비수기 때는 직원 한두 명 인건비도 감당하기 어려운데, 스무 명이나 부렸으니 빚만 잔뜩 지고 손 들었지."

그가 일을 진행하던 방식은 기획력이나 마케팅 능력에 있기보다 좋은 인간관계에 있었습니다. 좋은 인간관계가 클라이언트의 수익성을 보장하는 데는 한계가 있었습니다. 그래서 주변에서는 그의 실패를 안타깝지만 당연한 일로 평가했습니다.

"그러면 지금은?"

"귀향했어. 아버지 농사 물려받는다고."

"결혼은?"

"요즘 세상에 시골생활 좋아하는 젊은 여자가 있겠어. 게다가 채무문제가 심각해서 보내줬다고 하더라고."

나는 그가 아닌 그녀의 안위를 걱정하고 있었습니다. 타인의 실패에서 사랑을 엿보고 있는 내 모습에서 내가 모르고 있었던 나를 목격했습니다. 그 순간은 나 자신이 혐오스러웠습니다. 그러나 혐오는 한때 알고 지냈던 사람의 연인을 사랑하는 것에 대한 머뭇거림이나 죄책감에서 오는 것이 아니었습니다. 오히려 구체화한 욕망 앞에서 활짝 열리기를 원하는 문이었고, 그 문을 열기 원하는 주체할 수 없는 의지였습니다. 혐오에서 자유가 시작되었습니다.

내가 모르고 있었던 나는 포털사이트에서 비밀의 화원을 검색했습니다. 그리고는 꿈속에서만 걸었던 골목을 실제로 더듬었습니다. 급작스러운 방문으로 야기될 수 있는 문제를 대비해 그럴싸한 몇 가지 이유도 준비했습니다. 가령 상무님 딸의 결혼식에 보낼 고급스러운 화환이 필요하다 등의. 그러나 막상 그녀 앞에 섰을 때 나의 욕망은 생각해 두었던 모든 과정을 생략하고 말았습니다.

"가난과 재채기와 사랑은 감출 수 없다고 해요."

나는 환생한 전생의 연인을 백 년 동안 기다려 만난 사람처럼, 전생의 기억을 잃어버린 연인이 제발 지금부터

라도 알아봐야 한다는 듯이, 막무가내로 구애했습니다.

"저는 우리가 처음 만났을 때부터 이렇게 될 줄 알고 있었어요!"

그녀는 나의 격정의 반대편에서 차분하게 설득했습니다.

"당황스럽네요! ……대리님! 오빠가 아니었다면 저는 대리님을 알지 못했을 거예요. 오빠나 저나 일과가 바빠서 볼 시간이 많지 않으니까 마음이 맞는 사람이 있으면 함께 만났던 거예요. 그분들께는 죄송하지만, 저는 오빠를 통해 만난 사람들과는 그냥 아는 관계 이상은 유지하고 싶지 않았어요. 솔직하게 말씀드리자면 그냥 아는 관계도 불편했고요. 그래서 지금은 더더욱 대리님을 만나야 할 이유가 없네요. 죄송해요."

그녀의 거부가 완고해질수록 나에게는 그녀를 만나야 하는 이유가 확고해졌습니다.

"잘 알겠습니다. 그런데 잘 생각해보면 말씀하신 내용에 모든 해답이 있습니다. 지금 이곳에는 전 남자친구도, 그냥 아는 사람들도 없습니다. 아마도 그들 중에서 저와 똑같은 마음을 갖고 이곳을 찾았던 이성은 없었을 겁니다. 그 이유는, 그들 모두가 하나의 길이었기 때문입니다. 어떤 인연은 꼭 만나야 하는 인연을 위해 있기도 하니까요. 누군가가 말했죠. 애매함으로 둘러싸인 이 우주에서 이런 확실한 감정은 단 한 번만 오고, 몇 번을 다시 살더라도, 다시 오지 않는다고요. 그래서 사람들은 우리와 같은 만남을 운명이라고 표현하기도 합니다."

한 여자에게 빠진 한 남자의 인과율은 모두 사랑의 당위성에 도착해 있었습니다.

"저는 운명 같은 건 믿지 않아요. 메디슨 카운티의 다리에 서 있는 주인공도 아니지만, 되고 싶은 마음도 없어요. 그리고 설사 우리가 좋아하는 사이가 된다 해도 관계가 복잡하게 얽혀 있어서 결코 축복받을 수 없어요. 헤어지긴 했지만, 오빠가 알게 되면 겪게 될 상실감은요? 저는 뻔히 예상되는 이런 만남은 절대로 시작하고 싶지 않아요."

"그래서 운명을 받아들이는 게 힘든 겁니다. 걱정하지 마세요! 제가 기다리면 돼요. 주변의 시선이 전부 과거가 될 때까지요. 내가 사랑하는 사람의 애매한 감정이 확실한 감정이 될 때까지요. 그리 멀지 않은 시간에 분명히 느끼게 될 겁니다. 몇 번을 다시 살더라도 단 한 번뿐인 사랑을요. 그런 의미에서 오늘 우리 술 한 잔 어때요?"

구애의 시간은 출근에도 영향을 미쳤습니다. 사랑을 위해서라면 그와 그녀에 대해 아는 모든 사람들과 단절할 수 있었습니다. 그녀에게 취해 사직서를 제출했습니다. 그리고는 매일 비밀의 화원을 찾아갔습니다. 그렇게 사랑을 애원하며, 사랑을 거부하는 시간 속에서 그녀와 나는 천천히 서로에게 스며들었습니다.

"경화도 지금은 여대생이겠네?"

친구가 머뭇거리며 머리를 긁적였습니다. 그 순간 어떤 불길함이 나의 그리움을 점령했습니다.

"……아니."

"그러면?"

친구가 난감한 표정으로 자장면을 비비기 시작했습니다. 그러다 큰 한숨과 함께 젓가락을 내려놓았습니다.

"······죽었어."

잠시 지구의 자전이 멈췄습니다.

"왜? 왜? 병 때문에?"

"아니, 그런 게 그러니까······."

"······."

"······자살."

따뜻했던 위로의 손이 얼음처럼 차가워졌습니다. 연못이 꽁꽁 얼어붙었습니다. 친구는 지금까지와는 다른 태도로 조심스럽게 말을 이었습니다.

"고등학교에 들어가서 우울증이 심해졌나봐. 초등학교 다닐 때 부모님이 불화가 심해서 이혼했다고 하더라고. 경화는 어머니랑 함께 살았는데, 경화 어머니가 성적에 대한 요구를 많이 했다지. 아빠 없는 딸이라는 말 듣지 않으려면 몇몇 유명 대학에 진학해야 한다고. 스트레스가 많았겠지. 그런데 그것보다 더 큰 원인은 경화 어머니의 재가再嫁 때문이었다는 소문도 있어. 경화가 전교에서도 늘 상위권 성적을 유지했기 때문에 어머니가 요구하는 대학 정도는 진학할 가능성이 매우 높았거든. 나도 후자 쪽이 맞는 것 같아. 집안에 재산이 많으니까 만남을 요청하

는 남자들이 여럿 있었다고 하더라고. 경화 어머니 집안
도 딸이 평생 혼자 사는 걸 원하지 않았을 거고. 그러니까
나쁘게 말하면, 경화는 집안의 장애물이자 준비된 고아였
던 셈이지. 부모가 있지만 없는…… 그래서 경화가 주변
을 편하게 해주려고 스스로 목숨을 끊었다는 이야기도 돌
았어. 어쨌든 경화에 대한 소식은 친구들에게 엄청난 충
격이었지. 다들 한참 예민한 고등학생이었으니까."

나는 친구와 함께 훈련소에 입소했습니다. 이발사의
말대로 학창시절의 친구 두세 명과 더 마주쳤지만 다행
히도 절친한 관계가 되지는 않았습니다. 우리는 각기 다
른 소대에 편성되었습니다. 퇴소 후에는 서로 다른 부대
에 배치됐습니다. 입대는 나름 영험한 효과를 발휘했습
니다. 문득문득 삶의 난해함으로 인해 전해오는 슬픔이
있었지만, 육체의 피곤함을 넘어서지 못했습니다. 아니,
못하게 했습니다. 나의 병영생활에 대한 성실은 자기학
대에 가까웠습니다. 그 결과 기상나팔이 울려 퍼지고 하
루가 시작되었을 때, 가장 먼저 그리워했던 대상은 사람
이 아니라 잠이었습니다.

향이 다 타기 전, 구석에 쭈그려 앉은 한 그림자가 있었던 것 같습니다. 폭우가 쏟아지고 있었던 것 같습니다. 무슨 결심을 했는지 갑자기 벌떡 일어나 밖으로 뛰어나갔던 것 같습니다. 빗방울을 가득 채운 길을 내달려 한 가족이 잠든 집을 다급하게 깨웠던 것 같습니다. 한 그림자가 문을 살짝 열고 얼굴을 붉혔던 것 같습니다. 한 그림자가 한 그림자의 몸을 밀고 들어가 누군가를 불렀던 것 같습니다. 한 그림자가 한 그림자를 밀쳐내다 쓰러졌던 것 같습니다. 쓰러진 한 그림자 뒤로 한 그림자가 어른거렸던 것 같습니다. 한 그림자는 한 그림자에게 뛰어가서 무릎을 꿇었던 것 같습니다. 마치 함께 가야 할 곳이 있다는 듯이. 아니 마치 있어야 할 곳이 여기가 아니라는 듯이. 한 그림자의 팔목에 매달렸던 것 같습니다. 한 그림자의 등 뒤로 한 그림자가 나타나 눈을 비비고 서 있었던 것 같습니다. 번개가 창가를 번뜩였던 것 같습니다. 천둥이 집을 흔들었던 것 같습니다. 당황한 한 그림자가 눈을 비비는 한 그림자의 어깨를 감싸고 방으로 들어갔던 것 같습

니다. 한 그림자가 한 그림자의 손을 뿌리쳤던 것 같습니
다. 한 그림자가 한 그림자의 목덜미를 잡고 질, 질, 질, 문
밖으로 끌고 갔던 것 같습니다. 그리고는 내동댕이쳤던
것 같습니다. 마치 자신의 영역에 침범하지 말라는 듯이.
아니 마치 자신의 영역에서 영영 떠나라는 듯이. 한 그림
자가 돌아섰던 것 같습니다. 문이 세차게 닫혔던 것 같습
니다. 다 타버린 향 앞에서 떨리는 손으로 자신의 손목에
칼날을 댄, 한 그림자가 있었던 같습니다.

　나의 방문을 마중하고 귀가를 배웅하는 어머니는 늘
마음이를 안고 있었습니다. 마음이와 얼굴을 맞대고 활
짝 웃고 있는 어머니는 세상에서 가장 행복한 사람처럼
보였습니다.
　"마음이랑 헤어지면 자주 만날 수 없으니까 엄마랑 마
음이랑 사진 한 컷 찍어줄래."
　어머니의 사진 뒤에 어머니가 처음으로 사준 핸드폰
을 놓아두었습니다. 혹시나 통화가 되면 전하고 싶은 이
야기가 있었기 때문입니다.
　"보고 싶어 할 것 같아서 왔어요."

어머니의 사랑은 영원하지 못했습니다. 과외 중에 심각한 표정으로 전화를 받고 나간 그 남자의 아내가 한참 돌아오지 않았을 때, 예측할 수 있는 슬픔이 머릿속에 그려졌습니다. 나는 숨을 헐떡이며 집으로 달려갔습니다.

"그곳은 어때요? 행복해요?"

어머니는 마치 망가진 인형처럼 여기저기로 흩어진 물건들 사이에 주저앉아 울고 있었습니다. 마음이가 나를 대신해 어머니의 곁에 앉아 체온을 나눠주고 있었습니다.

"지금은 엄마를 아주 조금은 이해할 수 있을 것 같아요. ……오늘 델마를 보내줬거든요."

그때 나는 어머니를 안아주지 못했습니다.

"엄마! 창피하게 도대체 이게 뭐에요! 엄마나 아빠나 다 똑같은 쓰레기들이야!"

어머니와 그 남자와의 관계가 알려지고, 사교모임은 적대적인 모임이 되어 어머니를 공격했습니다.

"이혼녀가 달리 이혼녀겠어. 나는 그년이 지독한 향수를 몸에 쏟아붓고 다닐 때부터 알아봤다니까."

"그러게, 한두 번이 아니라 아주 습관적이었다고 하더

달빛을 걷고 또 걸어서

105

라고. 그것도 가정에 충실한 남자들만 골라서."

학교생활도 평탄치 않았습니다.

"네 엄마는 몸 팔아서 학원 운영한다며. 그 돈으로 이렇게 깔끔하게 옷 입고 다니면 행복하냐?"

그날부터 나는 학교가 아닌 공원으로 등교했습니다. 그래도 그때는 어머니를 미워하지 않았습니다.

미워하지 않아야만 나를 사랑할 수 있어서였습니다.

"……아니다. 솔직하게 고백하자면 늘 엄마가 보고 싶어서 왔어요."

소문의 속도만큼 어머니가 운영하던 피아노 교습소도 빠르게 어려워졌습니다. 한 해가 지나지 않아 거실을 지켰던 피아노가 어디론가 팔려나갔습니다. 마음이를 외가에 맡기고 돌아왔을 때 어머니는 모든 것을 다 잃은 사람처럼 몇 날 며칠을 울었습니다. 그러다 이사가 결정된

날 저녁, 어머니는 자신이 걸었던 길을 한 번 더 걸어보고 싶다며 나에게 산책을 요구했습니다.

우리는 공원을 말없이 걸었습니다. 연못 앞에 도착해서 한참 수면을 바라보던 어머니가 말했습니다.

"마음이는 잘 지내고 있겠지?"

"외할머니는 길고양이도 잘 돌봐주는 사람이니까 신경 쓰지 않아도 돼요."

산들바람에 흔들리는 수양버들이 연못의 가장자리를 간질였습니다.

"그러면 다행이고. ……그 고양이는 잘 있을까?"

"마음이 말고 또?"

"응! 학창시절에 돌봐주던 길고양이."

연못의 중심으로 주름진 웃음이 퍼져나갔습니다. 어머니의 얼굴에서 잠시 미소가 반짝거렸습니다.

"에옹, 에옹, 울면서 나를 따라오던 어린 고양이가 있었어. 그게 인연이 돼서 밤마다 놀이터에서 밥을 챙겨 주었는데, 내가 좋았는지 밥을 먹고 나면 꼭 내 무릎에 앉지 뭐야."

달빛을 걷고또 걸어서

경화의 말이 떠올랐습니다. 고양이가 누군가의 무릎에 앉는다는 건 자신의 생명을 맡긴다는 뜻과 같다고 한.

"그런데 어느 날부터 고양이의 몸에 상처가 보이기 시작했어. ……알고 보니, 상처들은 내 곁에 머문 날들에 대한 대가였지. ……그 고양이에게는 내가 머물고 싶어도 머물 수 없는 영역이었을지도 몰라."

작고 약한 동물들은 생명의 위험을 무릅쓰고 자신의 마음을 표현한다고 했습니다.

"하루는, 다른 때보다 오래 무릎에 앉아서 에웅, 에웅, 하고 울었는데…… 그게 마지막 인사인 줄도 몰랐네. ……나에게 마지막 인사로 체취를 남길 때 그 고양이의 마음은 어떠했을까? 그때는 나만 슬프다고 생각했는데, 지금은 그 고양이가 더 슬펐을지도 모른다는 생각이 들어."

만약 고양이가 가느다란 목을 맡기는 순간이 온다면, 그건 그만큼 사랑받고 있다는 뜻이라고도.

"가끔은 그 고양이에게 받은 사랑이 그리워. 어쩌면 사람도…… 고양이처럼 자신이 살아갈 수 있는 영역을 찾아 사랑하고 이별하는 것은 아닐까. ……상처를 무릅쓰고 나에게 있어줬던 그 고양이의 마음을 이제에서야 알 것 같네. 지금은 내가 그때 그 어린 고양이 같아. 살아 있기 위해 어디로든 떠나야 하는······."

어머니는 집으로 돌아가는 내내 귀에 익은 음악을 흥얼거렸습니다.

"드뷔시?"

"응. 〈클레르 드 륀Clair De Lune〉. 내가 너 임신했을 때 너에게 자주 들려줬던 연주잖아. 저기 저 연못에 담아두려고.······엄마가 태어나서 가장 행복했던 순간을."

저녁 하늘에서 소금 냄새가 흘러내렸습니다.

"고맙다. 못난 엄마의 아들이 돼 줘서."

그날 밤 침대에 누워 귓가를 맴도는 어머니의 연주를 흥얼거렸던 것 같습니다. 희미하게 건반에 손을 올린 만삭의 여자가 보였던 것 같습니다. 두 눈을 감고 행복한 표정으로 창밖의 달빛을 연주하고 있었던 것 같습니다. 그 음악을 들으며 슬며시 잠에 들었을 때 베란다 창문이 열리는 소리가 들렸던 것 같습니다. 불길함에 이끌려 다급히 뛰어갔을 때는, 커튼이 바람의 손을 잡고 살랑, 살랑, 가벼운 발걸음으로 왈츠를 추고 있었던 것 같습니다. 그때부터 나는 매일 어머니를 미워하느라 부재중인 어머니에게 전화를 걸었던 것 같습니다. 그러다보면 가끔 어머니의 목소리가 들려왔던 것 같습니다. 때때로 전화를 걸어와 한참 잔소리를 늘어놓기도 했던 것 같습니다.

내가 매일 고양이가 되어가는 일은 거울 속의 내가 되어가는 일입니다. 부재중 메시지를 알리며 스마트폰이 방바닥에서 부르르 떨고 있습니다. 나는 깜짝 놀라 책상 위로 뛰어오릅니다. 분명히 사랑하는 어머니일 것입니다. 뒤엉켰던 생각들이 벨 소리 앞에서 멈춥니다. 순간 더 많은 소리들이 내 귓속으로 몰려옵니다. 터벅터벅 골목을 걷는 누군가의 발자국 소리. 이웃집 옥상에 앉았다가 날아가는 새소리. 플라타너스 잎들 사이에서 바람이 칭얼대는 소리. 모든 소리가 바로 옆에서 들려오는 것처럼 생생합니다. 그러고 보니 잠에서 깬 후 전등을 한 번도 켜지 않았습니다. 그런데도 방안에 있는 모든 사물들이 선명하게 자신의 모습을 주장하고 있습니다. 전등을 켭니다. 시야가 밝아집니다. 흑백사진 속 같습니다. 색을 알 수 없는 세계가 내 앞에 펼쳐집니다. 내 몸이 몇 세기 전의 이야기처럼 느껴집니다.

한 사람의 얼굴이 떠오릅니다. 한번은 더 문법을 깨뜨리고 싶습니다. 스마트폰 앞에 앉습니다. 날카롭게 자라난 손톱들 때문에 손가락 대신 혀를 사용합니다. 돌기가 자라나 손가락을 사용할 때보다 손쉽게 비밀번호 패턴이 그려집니다. 주소록에서 그녀의 이름을 찾습니다. 통화 버튼을 누릅니다.

"받아 줄까?"

몇 차례 통화 연결음이 울립니다. 예상보다 빠르게 그녀의 얼굴이 나타납니다. 그녀가 환하게 웃음 짓고 있습니다. 음성이 들려옵니다. 그런데 이상하게도 그녀의 말이 이해되지 않습니다. 그녀 역시도…… 그런 것 같습니다. 나의 진지한 고백을 듣지 못한 사람처럼 활짝 웃음만을 보일 뿐입니다. 그녀가 자신의 고양이를 안은 채로 고양이의 팔을 잡고 손을 흔들어댑니다. 어디선가 골, 골, 골, 소리가 울려옵니다. 골, 골, 골, 골, 골, 골⋯⋯. 어두워 집니다. 방이. 내가 살고 있는 세계가. 잠시 벽에 걸린 가족사진이 환해집니다.

나는 꿈꾸고 있습니다. 창문을 열고 델마가 마지막으로 앉았을 5층 높이의 창틀에 서서 밤하늘의 별빛을 바라봅니다. 어둠이 시원합니다. 별빛 끝에 숲이 보입니다. 이유를 알 수 없지만, ⋯⋯저 숲을 건너면 무지개가 있을 것만 같습니다. 그 다리를 건너면 내가 그리워하던, 델마가 기다리고 있을 것만 같습니다. 사랑은 세상의 문법으로는 이해 불가능한 이상한 나라입니다. 골목으로 뛰어 내립니다. 5층의 높이가 전혀 느껴지지 않을 정도로 공중이 가볍습니다. 담장들을 넘어 지붕들을 밟고 숲속으로 달려갑니다. 바람결에 담긴 이해할 것 같은 목소리들이 사뿐사뿐 골목을 속삭입니다. 꿈꾸고 있지만, 이 꿈에서 깨어나고 싶지 않습니다. 나는 사랑이 되어가는 중입니다.

저기, 저기에⋯⋯ 나의 아름다운 델마가 있습니다!

델마의 몸을 씻어주었다. 그것은 델마와 내가 함께한 마지막 의식이었다. 목욕물에 닿기만 하면 몸부림치던 델마의 몸에서 정적만이 흘러내렸다. 얼굴을 매만지고 있으면 금방이라도 아무 일도 없었던 것처럼 일어나 내 품에 안길 것만 같았다. 그러나 델마는 형언할 수 없는 깊이의 눈물 속에서 파문의 끝자락처럼 고요하기만 했다. 창밖으로 폭우가 쏟아지고 있었다. 드라이기로 몸을 말리고 빗질하는 동안 전날의 행동에 후회가 밀려들었다. 델마가 일어섰다 넘어지기를 반복하며 나에게 다가오려고 했을 때, 물러서는 것이 아니라 몇 번이고 쓰다듬어줬어야 했다고.

델마의 죽음 이후 나는 길고양이들에게 관심을 갖기 시작했다. 어느 곳에서 고양이 울음소리가 들려오기라도 하면 델마가 나를 찾는 소리 같아 몇 번이고 발걸음을 멈췄다. 델마는 기쁘고 또 슬픈 이명이었다. 그러던 어느 날 밤,

임신한 길고양이가 나의 축 처진 발걸음 소리를 쫓아왔다. 마치 오랜 이별 후에 다시 만난 사람을 대하듯 나를 향해 눈을 지그시 감았다 떴다. 나는 그 아이를 델마가 보낸 아이일지도 모른다고 생각했다. 그래서 밤마다 그 아이를 위한 식탁을 준비했다. 바람 위로 가벼운 휘파람을 올려두면 그 아이가 달려왔다. 달려와 내 다리에 자신의 몸을 비벼댔다.

그 아이는 몇 번의 임신을 거듭했다. 그만큼 젖을 뗀 어린 고양이들과도 가까워질 기회가 늘어갔다. 아이들 대부분은 짧은 만남 후 자신의 영역을 찾아 떠나갔다. 그러나 몇몇은 수개월에서 일 년 가까이 내 발걸음 소리가 울리는 새벽을 기다렸다. 그런데 참, 이상하게도, 장기간 함께했던 아이들은 떠나기 한두 달 전부터 동일한 행동을 반복했다. 손을 핥아주거나, 무릎에 올라와 잠을 자기도 했다. 나는 그런 순간마다 델마를 느꼈지만, 곧 신기루가 된 아이들이 뛰어노는 공원 벤치에 홀로 앉아 쓸쓸히 휘파람을 불어야 했다.

아무리 휘파람을 불어도, 떠나간 고양이는 돌아오지 않았다. 그때마다 어미 고양이를 떠난 어린 고양이들이 자신의 살아갈 영역을 찾아 떠도는 것처럼 사람도 자신이 살아갈 수 있는 사랑에 도착하기 위해 숱한 이별을 반복하는 것인지도 모른다고 생각했다. 나는 델마의 죽음으로 인해 여러 고양이들과 만났으며, 그 아이들의 다정에서 델마를 느끼기도 했다. 그러나 몇 번의 이별을 통해 깨달았다. 내가 불었던 휘파람은 델마가 아닌 그 자체로 소중했던 고양이들을 향해 울리고 있었다는 것을. 미처 알아채지 못한 사이, 내가 만난 모든 고양이는 나의 「첫사랑」이었다.

2018년 12월 20일

김 은상

작가의 말